COLLECTION FOLIO

Nelly Alard

Le crieur de nuit

Gallimard

© Éditions Gallimard, 2010.

Nelly Alard est comédienne et scénariste. *Le crieur de nuit,* son premier roman, a été récompensé par le prix Roger Nimier en 2010.

à Martine

Un père en punissant, Madame, est toujours père
Un supplice léger suffit à sa colère.
                                JEAN RACINE

  Or, une nuit qu'il revenait de son travail, comme il passait sur une espèce de tertre couvert de broussailles, il entendit hurler, presque à son oreille, le « ho ! ho » du crieur de nuit.
                                ANATOLE LE BRAZ

LUNDI

J'ai appris la nouvelle ce matin, en écoutant le répondeur. Isa disait : Papa est décédé. Je me suis fait couler un café et je l'ai rappelée, puis j'ai composé le numéro d'Air France. Thierry est entré en bâillant, m'a regardée et a dit : Qu'est-ce qui se passe ? J'ai répondu : Papa est mort. Isa dit : décédé. Moi je dis : mort. Je ne vois pas pourquoi je prendrais des gants. Depuis le temps que l'idée de la mort m'accompagne, je ne dirais pas qu'elle m'est devenue familière, non, mais j'ai quand même le droit de l'appeler par son nom.

Tu es mort. Enfin.

Quelques minutes plus tard, Éric a téléphoné. Il était en déplacement d'affaires je ne sais plus où, à l'autre bout du monde. Il m'a demandé : Qu'est-ce que ça te fait ? J'ai juste dit : Et toi ?
— Rien, a dit Éric. C'est bizarre. Ça ne me fait rien.

C'est Isa qui est venue me chercher à l'aéroport de Brest-Guipavas. Elle était arrivée deux heures avant moi, par l'avion précédent. Elle m'a emmenée vers la voiture de Maman.

— Elle est à la maison. Il est à Saint-Pol, au funérarium, me dit-elle, les yeux fixés sur la route.

Le bourg de Plouguénez, où ont vécu mes grands-parents et où vous avez pris votre retraite il y a une quinzaine d'années, est à soixante kilomètres environ de l'aéroport. Je regarde par ma vitre défiler le paysage du Nord Finistère, la mer est toute proche mais on ne la sent pas. C'est le pays de Maman, pas le tien. Tu ne l'aimais pas beaucoup. Isa me donne quelques détails.

Tu devais être opéré ce matin. Tu as cessé de respirer pendant la nuit, à l'hôpital. C'est aussi bien ainsi. Tu es mort sans raison, mais depuis longtemps c'est sans raison non plus que tu vivais. Le château d'eau, très haut et singulièrement élancé, se profile au loin, au milieu des champs d'artichauts. On l'aperçoit de partout à plusieurs kilomètres à la ronde. Nous guettions son apparition par la vitre de la voiture quand nous étions enfants, que nous habitions Brest et venions ici le dimanche. Voilà le château, disait Maman. J'avais déjà vomi au moins une fois. Le château signifiait que l'arrivée était proche. À l'odeur je devine que des agriculteurs en colère ont encore déversé des choux-fleurs invendus sur les routes. C'est la Bretagne bretonnante et productiviste, un désastre écologique auquel ma famille maternelle a participé activement, dans toute la mesure de ses faibles moyens. Mon arrière-grand-père, ancien garçon de ferme, a installé non loin d'ici au début du siècle dernier la première turbine électrique. Peu après, il a construit l'une des premières porcheries. Mon arrière-grand-mère, marchande de tabac, a lancé le commerce d'engrais azotés dans la région.

Nous quittons la voie express, et passons une quantité grotesque de ronds-points qui mènent à Plougoulm, Plouzévédé, Plouescat. Peu de mots français viennent du breton. Le mot plouc en fait partie, inventé juste pour nous, habitants de ces bleds en « plou » qui en breton veut dire paroisse. Les autres peuvent être des paysans, des péquenots, voire des pedzouilles, comme tu disais. Les seuls véritables ploucs, les ploucs étymologiques, sont d'ici. J'en fais partie, comme ma mère, comme mon frère et ma sœur. Pas toi. Ta Bretagne à toi, c'était celle du Sud, où l'on parle français depuis longtemps, le golfe du Morbihan, Lorient, et tu te prétendais marin.

Nous nous garons place de l'Église, devant la maison. Maman nous a entendues arriver et nous attend sur le seuil. Je la serre fort dans mes bras. Elle a l'air fatigué, mais elle ne pleure pas. Moi non plus. Personne ne pleure. Il y a plein de problèmes pratiques à régler. Nous ne sommes que toutes les trois, mes enfants et ceux d'Isa sont restés pour l'instant à Paris avec leurs pères, Éric ne pourra venir que demain. Les pompes funèbres se sont chargées du transport du corps depuis la morgue de l'hôpital jusqu'au funérarium. Quelqu'un est passé prendre ce matin les vêtements pour t'habiller, ta plus belle chemise, ton plus beau costume, que Maman avait préparés dans un sac. Je me demande si on t'a mis aussi une cravate, des chaussettes et des chaussures, mais je n'ose pas poser la question. Et si on a mis des chaussures, est-ce qu'on a fait tes lacets ? C'est une préoccupation idiote, je n'ai pas l'habitude de la mort. L'idée m'en est familière mais la réalité inconnue. Maman a déjà commandé les fleurs, elle a choisi des arums, elle dit que tu les aimais, elle me demande mon avis, je n'ai pas d'opinion. Moi je m'occupe de rédiger l'annonce pour *Le Télégramme*. C'est important, l'annonce du *Télégramme*. Tous les matins, mes grands-parents épluchaient le journal local et ma mère à présent fait de même, les enterrements et les visites de condoléances rythment la vie de ce village où les deux tiers des habitants ont plus de soixante ans. Lorsque le glas sonnait, en général, ma grand-mère savait de qui il s'agissait et continuait à vaquer à ses occupations ; si elle ne le savait pas, elle s'arrêtait, inquiète, et filait vérifier le *Télégramme* du matin.

Donc, l'annonce. Il me faut une formule simple et sobre, sans chichis ni bondieuseries. Je parcours l'édition de la veille pour m'inspirer. « Ont l'immense douleur de vous faire part », pas question. « Vous font part », comme le suggère Maman, trop sec. « Ont le regret » ? Pas sûr. « La tristesse » ? Va pour la tristesse. Nous sommes tristes, impossible de dire le contraire, même si ce n'est pas de t'avoir perdu. Je sens le regard d'Isa fixé sur moi, je lève la tête. Nos regards se croisent. Elle a les yeux un peu rouges. Je crois l'entendre soupirer.

— Il ne faut rien exagérer.
— Qu'est-ce que j'ai dit ?

Je n'ai rien dit. Elle a raison. Il ne faut rien exagérer. Il y a des gens dont le père est un *serial killer*. Ou un nazi. Il y a des enfants violés, ou battus. On ne va pas se lamenter.

Ne pas en déduire pour autant que tu n'as jamais levé la main sur nous. Pour être tout à fait honnête, tu l'as souvent levée, la main. Mais elle retombait rarement. Tu restais le bras plié en l'air, avec un petit mouvement du plat de la main, coupant l'air comme une menace que confirmait ton rictus. Autrement dit, pas de quoi fouetter un chat. D'ailleurs, si l'on y songe, peu de choses justifient qu'on martyrise un félin. Ce qui ne signifie pas que rien n'a d'importance.

Tu ne nous as jamais frappés, mais tu m'as appris la peur, le doute, la sensation au fond de moi que tout se désagrège et s'effrite, la terreur constante de sentir le sol se dérober sous mes pieds. Jamais en ta présence je n'ai eu le sentiment de la terre ferme. C'était ce que tu voulais, sûrement. On n'est pas chez les paysans, ici, tu disais.

J'ai fini de rédiger l'annonce. Je compte le nombre de signes. Pendant ce temps, Isa a commencé à dresser la liste de toutes les choses à faire, et à leur attribuer des priorités. Elle a établi les menus de la semaine, les a affichés au-dessus de la cuisinière, et fait la liste des courses en conséquence. Le téléphone n'arrête pas de sonner, nous répondons à voix basse.

— Il faut que je vous parle du caveau, dit Maman.

La Bretagne, lit-on dans la préface de *La Légende de la mort chez les Bretons armoricains* d'Anatole Le Braz, dans sa première édition de 1893, *la Bretagne est avant toute chose le pays de la mort. Les morts y vivent avec les vivants dans une étroite intimité, ils sont mêlés à leur vie de toutes les heures ; les âmes ne restent point enfermées dans les tombes des cimetières ; elles errent la nuit par les grandes routes et les sentiers déserts, pressées comme les brins d'herbe d'une prairie ou les grains de sable de la grève. Elles reviennent aux maisons où habitaient autrefois les corps qu'elles ani-*

maient. Le cimetière est comme un prolongement du foyer ; on y va, si j'ose dire, causer avec les siens. Aussi y a-t-il une vive résistance aux tentatives faites pour éloigner les cimetières des villages ; cela paraît aux Bretons une sorte de profanation, il leur semble qu'on brise les familles, qu'on contraint les vieux à habiter loin de la maison de leurs fils.

Donc, le caveau.

Aussi loin que l'on remonte, du côté maternel, nous sommes d'ici. Les registres paroissiaux l'attestent, mes ancêtres se sont reproduits depuis plusieurs siècles dans un périmètre étroit défini en gros par Roscoff au nord, Plouvorn et Morlaix au sud. Peu d'entre eux se sont aventurés jusqu'à Plouescat, encore moins jusqu'à Brest. Autant dire que dans le caveau familial, il y a du monde.

— Il faut que je vous parle du caveau, a dit Maman.

Machinalement, Isa et moi avons tourné les yeux vers la fenêtre. Le cimetière est là, de l'autre côté de la rue, à côté de l'église que mon arrière-grand-père a aidé de ses mains à construire à la fin du dix-neuvième siècle. Des chambres du premier étage, on a sur lui une vue plongeante. C'est un peu notre jardin. Comme beaucoup d'autres, la tombe familiale est en granit rose bien poli, avec des inscriptions dorées, du moins les plus récentes, celles de mes grands-parents maternels disparus à deux mois d'intervalle il y a bientôt vingt ans. Juste au-dessus, il y a celle d'Hamon, mon arrière-grand-père, la figure héroïque de la famille, né orphelin de père en 1876 et de garçon de ferme devenu infirmier, marin, bâtisseur d'église, éleveur de cochons, puis de chevaux, commerçant, et pour finir maire du village. Je me souviens d'Hamon, il est mort centenaire. Né à la lueur d'une bougie, il avait vu les premiers trains, les premières automobiles, les premiers phonographes et les premières radios. Puis il a regardé à la télé l'homme marcher sur la Lune. Hamon parlait le français sans accent, à la différence de mes grands-parents et même de Maman. Il l'avait appris à l'école comme une langue étrangère, à l'époque où on punissait à coups de règle sur les doigts les enfants qui usaient de leur langue maternelle et où dans chaque classe un écriteau rappelait : « Il est interdit de parler breton et de cracher par terre. » Il ne l'avait pratiqué couramment que plus tard, dans la marine, au milieu d'appelés venus des quatre coins de France, alors que l'immense majorité des conscrits bretons n'en parlait pas un traître mot — de là, paraît-il, viendrait même le verbe baragouiner, de « *bara* », qui veut dire pain, et « *gwin* », qui veut dire vin, autre mot français d'origine bretonne inventé exprès pour désigner la langue incompréhensible et gutturale dans laquelle tentaient de communiquer ces pauvres ploucs.

Mais pourquoi je te parle de tout ça ? Ah oui. Le caveau.

Dans le caveau, il y a aussi la femme d'Hamon, Caroline, ainsi que ses parents et ses nombreux frères et sœurs tous fauchés en l'espace de quelques années par la tuberculose. Il y a des Mével, des Plantec, des Cloarec et des Cueff — la famille de ma grand-mère maternelle. Il y a des cousins dont personne ne sait plus vraiment ce qu'ils font là, ainsi qu'un grand-oncle divorcé dont l'ex-femme n'a pas voulu dans son caveau de famille. La surpopulation au sein du caveau, néanmoins, n'est pas le problème. Au fil du temps, les restes les plus anciens ont été rassemblés dans ce qu'on nomme des « reliquaires », c'est ce que nous explique Maman. Jusqu'à ce jour, je l'avoue, j'ignorais ce qu'était un reliquaire. Mais depuis ce matin ma familiarité avec la mort dans ses aspects les plus prosaïques progresse à pas de géant, grâce à toi.

Non, la surpopulation n'est pas le problème. Le caveau est spacieux, il peut accueillir encore une ou deux générations. Simplement, il faut redistribuer l'espace. L'espace n'a pas été optimisé, voilà. Au lieu d'enterrer rationnellement, avec un souci élémentaire de méthode et de logique, on s'est contenté au fur et à mesure des décès d'entasser les cercueils à la va-vite et au plus près de la sortie, comme si les défunts couraient le risque de devoir être évacués en urgence. Aujourd'hui, pour te mettre dans ce caveau, il va falloir déplacer la demi-douzaine de cercueils qui en bloque l'entrée et les pousser vers le fond. En mon for intérieur, je soupire. Il faut que ce soit sur nous que ça tombe.

Heureusement, Isa a pris la situation en main. Elle téléphone aux pompes funèbres et leur fixe rendez-vous demain matin au cimetière, cependant que Maman rassemble ses souvenirs et entreprend de nous tracer le plan d'occupation des locaux. Bien que restée mère au foyer, elle n'a pas un diplôme d'ingénieur pour rien. D'un trait de crayon précis, elle nous fait la coupe transversale du caveau avec les coordonnées de ses différents occupants. Toutes trois penchées sur son bloc-notes, nous étudions les réorganisations possibles. La principale inconnue concerne l'état des cercueils les plus anciens. On ne peut exclure que certains d'entre eux supportent mal le déménagement et tombent brutalement en poussière. Auquel cas, il faudra prévoir de nouveaux reliquaires, dans lesquels on regroupera ce qui reste de nos aïeux, si possible par famille, ou mieux encore par affinités. Pas question d'enfermer dans la même boîte pour l'éternité des gens qui de leur vivant se connaissaient à peine ou ne pouvaient pas se voir en peinture. Maman a beau hausser les épaules et dire que bien sûr, au fond, tout cela n'a aucune importance, on voit bien que l'idée d'une telle promiscuité la dérange, et on ne peut pas lui donner tort.

Mais avec tout ça, l'heure tourne. La nuit commence à tomber. Il faut se dépêcher d'aller te rendre visite avant la fermeture du funérarium. Maman a enfilé son manteau et, les clés de voiture à la main, m'appelle depuis l'entrée. Je suis toujours assise dans la cuisine, les yeux fixés sur le sol. Il y a quelques miettes et un peu de poussière par terre, il faudra passer un coup de balai en revenant.
— Tu viens, Sophie ?
Je viens. Est-ce que j'ai le choix ? Je n'ai jamais vu un mort de ma vie. Je viens. Je n'ai pas le choix. J'arrive.

Tous les morts cependant ne sont pas bienveillants, loin de là. Ils sont cruels souvent pour ceux qui vivent encore et il est imprudent de les approcher de tout près. Quand la nuit est close il est sage de rester dans sa maison ; il n'est pas bon pour les chrétiens d'aller par les grandes routes quand la lumière du soleil est éteinte : on est exposé à de dangereuses rencontres ; les morts sont les maîtres de la nuit, ils n'aiment point qu'on vienne les troubler. Il est sage de ne pas s'exposer sans nécessité à de tels périls, et si l'on est contraint de sortir le soir, la prudence commande de se faire accompagner de deux autres personnes, baptisées comme vous-même ; le revenant le plus désireux de nuire ne peut rien contre trois baptêmes.

Le funérarium de Saint-Pol-de-Léon est un cube de béton posé au milieu de la zone industrielle, entre une grande surface discount et une société d'ambulances. Nous garons la voiture dans la cour de gravillons et nous poussons la porte. L'intérieur est petit mais coquet, clair, d'une propreté irréprochable. Dans l'entrée, il y a une table basse, quelques fauteuils. En face, un couloir dessert les trois salons funéraires. Les numéros sont marqués sur la porte. Tu es au numéro 3. Les deux autres, semble-t-il, ne sont pas occupés. À part nous, il n'y a pas âme qui vive aux alentours. Nous avançons dans le couloir en silence, le sol est en carrelage blanc, je regarde mes pieds. Au lieu de lignes fines et nettes, les joints par terre sont gris et bavent largement sur les carreaux. Mes chaussures sont floues et se déplacent entourées d'un halo brun. Les larmes n'ont rien à y voir. Le fait est que sans lunettes, et je ne les porte que quand je ne peux pas faire autrement, je n'y vois pas grand-chose. C'est un choix ancien et délibéré. Aujourd'hui plus que jamais, je m'en félicite. Aujourd'hui plus que jamais, je bénis la myopie colossale qui fait que, depuis toujours, je vis protégée des autres et du monde par un épais brouillard. La vision qui m'attend au bout de ce couloir en sera peut-être adoucie.

J'ai toujours eu une peur atroce de la mort. Vers l'âge de six, huit ans, j'étais souvent réveillée au milieu de la nuit par cette certitude panique d'être un jour engloutie dans le néant, à laquelle même Maman ne parvenait à opposer que des consolations que je trouvais assez faibles, du genre Ce sera dans longtemps, Ne pense pas à ça ou pis encore Je mourrai avant toi. J'ai toujours peur de la mort mais en cet instant, dans ce couloir, ce n'est pas elle qui m'effraie le plus. C'est toi. Je n'ai jamais pu rester seule avec toi dans une pièce, même à la toute fin, sans une sourde angoisse. Au fond de moi, c'est idiot, il y a une gamine terrifiée qui voudrait faire demi-tour, mais ne t'inquiète pas, je ne vais pas la laisser faire. Je vais l'empoigner fermement par la main et l'obliger à me suivre, cette petite imbécile qui n'a pas encore compris que tu ne peux plus l'engueuler, désormais — pardon d'être grossière, mais il n'y a pas de mot poli en français pour dire engueuler. Gronder, passé l'âge de six ans, ne fait plus l'affaire. Réprimander non plus. Dans ton cas, gronder et réprimander n'ont jamais convenu de toute manière pour décrire les rages écumantes qui te saisissaient pour un oui ou pour un non, les torrents d'injures et de vociférations que tu déversais sur nous, la haine qui jaillissait de tes yeux, la menace qui sourdait de tes gestes.

Tu me traitais de putain. Pas la peine de dire le contraire, tu me disais putain, je m'en souviens, tu parles. Tu disais putain, salope, ce sont les mots que tu employais. Et pouffiasse, aussi.

Ce n'est pas grave, ça ne me gênait pas vraiment, je ne savais pas ce que ça voulait dire. Ce qui me dérangeait, ce qui me faisait peur, c'était la violence de ta voix, de tes yeux. Les mots, j'y étais habituée, ils n'avaient pas de sens. Une enfant de six ou huit ans ne peut pas deviner que ce ne sont pas des mots qu'un père dit à sa fille, en général. Que ce n'est pas pareil chez les autres. De toute manière, chez les autres, on n'y va jamais, alors comment je pourrais savoir ?

Ce n'est pas grave, mais tout de même.

Il m'est arrivé depuis de regarder ma fille qui a aujourd'hui l'âge que j'avais et de me dire que je me souviens mal, que je dois me tromper. Tu disais putain, j'en suis sûre. Mais peut-être disais-tu saloperie, pas salope, peut-être disais-tu putain comme on dit merde, pas pour traiter de merde celui qui est en face de vous, juste pour dire que merde et putain, on est en rage, c'est tout, et tu étais en rage, je le sais, même si je ne sais toujours pas bien contre quoi.

Je suis au bout du couloir. Il faut entrer dans la chambre mortuaire, à présent.

J'ai levé les yeux. Par la porte ouverte, depuis le seuil, je t'ai aperçu. Je me suis arrêtée net. C'est une erreur, pardon, j'ai dû me tromper de porte, je vais faire demi-tour. Mais pourtant non.

Quelle est cette chose indescriptible, inanimée, cette poupée bizarre et inoffensive que quelqu'un a cru bon de poser là à ta place ? Moi qui pensais te trouver comme endormi, semblable à la dernière fois où je t'ai vu, à l'hôpital, juste apaisé, libéré de cette difficulté à respirer, de ce râle rauque et sifflant à la fois, insupportable. Où es-tu donc passé ? C'est une mauvaise blague. D'où je suis, je ne distingue aucun des traits de ton visage mais je sais avec certitude que ce corps étendu n'a plus rien à voir avec toi. D'ailleurs, à l'instant où j'ai vu ce mannequin étrange toute tension en moi s'est relâchée. J'ai franchi les derniers mètres d'un pas presque léger.

Maman, auprès de toi, s'affaire comme une styliste à sa devanture, rectifie un faux pli, arrange une fleur, une mèche de cheveux. Je n'en crois pas mes yeux.

La mort est là, devant moi, et elle me fait moins peur que toi quand tu étais vivant.

Ce ne sont pas, au reste, seulement les âmes en peine que la nuit on peut rencontrer par les chemins, c'est aussi la Mort même, l'Ankou. Il n'est guère de Breton qui n'ait entendu l'essieu grinçant de sa charrette. Lorsqu'on entend le grincement sinistre, chacun se tient dans sa maison bien tranquille et bien coi ; l'on craint de se rencontrer face à face avec le squelette drapé d'un linceul dont le regard seul donne le trépas.

MARDI

Le curé est venu à la maison pour préparer la messe. On a dû commencer par lui expliquer le contexte, que personne n'était croyant dans la maison, ni toi non plus, autant qu'on sache, mais que tu avais néanmoins souhaité des obsèques religieuses, d'où la messe. Il a eu l'air de comprendre parfaitement et de trouver ça très bien, et même assez agréablement exotique dans cette Basse-Bretagne croyante jusqu'à la bigoterie. Du moment que tu avais été baptisé, et nous aussi d'ailleurs, ça ne posait aucun problème technique. C'est un nouveau curé, il ne connaissait pas Maman, ni le reste de la famille. Nous n'avons pas jugé utile de lui raconter l'excommunication de notre arrière-grand-mère au début du siècle dernier, le moment ne s'y prêtait pas. J'ai bien vu tout de même qu'à mesure que l'entretien avançait, il nous trouvait un peu bizarres et il a raison, nous ne sommes pas très catholiques. Non contents d'être des ploucs, nous sommes des ploucs mécréants. Pis que cela encore, des ploucs athées, et même anticléricaux. La jeunesse de mon grand-père, militant radical-socialiste, ressemble à un épisode de *Don Camillo* avec lui ou l'un de ses frères dans le rôle de Peppone. Cinquante ans plus tard il riait encore en nous racontant les élections truquées, les bulletins invalidés au dépouillement grâce à une mine de crayon coincée sous l'ongle, et l'alcoolique qu'on allait chercher au bistrot, saoul comme une barrique, juste avant la fermeture du scrutin. Face au châtelain du coin et aux grenouilles de bénitier qui l'entouraient, mes grands-parents ont toujours fait figure de « rouges », de bons vivants, et nous n'en sommes pas peu fiers. Peu de gens peuvent se vanter de l'excommunication d'une arrière-grand-mère, même discutable dans sa forme puisque prononcée en chaire un dimanche par un curé de village outrepassant manifestement ses fonctions, au seul motif que l'arrière-grand-mère en question, Jeannie Cueff, s'obstinait à organiser des bals dans son café le dimanche. Il n'en reste pas moins que cet événement, survenu dans les années 1920, mit durablement notre famille au ban de la bonne société catholique, et faillit même empêcher le mariage de mes grands-parents et par voie de conséquence ma venue au monde. La mère de mon grand-père, elle-même peu croyante mais très soucieuse du qu'en-dira-t-on, se résigna difficilement au mariage de son fils aîné avec la fille d'une famille de si mauvaise réputation. Après avoir cédé devant l'obstination de mon grand-père, très amoureux, elle dut faire des pieds et des mains pour que le curé accepte malgré tout de marier mes grands-parents à l'église. Il finit par y consentir, de mauvaise grâce et au petit jour, à la sauvette, comme au temps de Molière on enterrait les comédiens.

Des histoires comme celles-là, racontées cent fois, le roman familial en regorge, du côté de Maman. De ton côté à toi, il n'y a pas grand-chose à dire. Le curé nous demande de lui parler de toi, des moments clés de ta vie, de tes qualités personnelles, d'accomplissements particuliers. Nous nous regardons. Maman tousse un peu, pour s'éclaircir la voix. Elle dit que tu es né en 1929 à Lorient d'un père instituteur et d'une mère sans profession, que vous vous êtes rencontrés à la fac de Rennes, où tu étudiais le droit, elle la chimie, puis que vous vous êtes mariés en 1954. Elle pense que tes accomplissements personnels les plus remarquables ce sont nous, tes enfants. Elle donne nos prénoms et nos dates de naissance. Puis elle se tait. Le prêtre attend, se tourne vers Isa et moi en levant un peu les sourcils. Visiblement, il pense que cela ne suffira pas pour son oraison funèbre.

— Sa profession ? demande le curé.
— Conseil juridique, murmure Maman.

Isa et moi avons rentré la tête dans les épaules et faisons mine de regarder ailleurs. Qu'il se débrouille. Nous n'allons pas faire tout le boulot à sa place — déjà qu'il nous a refilé le choix des textes d'Évangile et la prière universelle, il peut toujours courir s'il compte sur nous pour le reste de la cérémonie.

— C'est quoi, ça, la prière universelle ? a demandé Éric, toujours au téléphone.

— Une sorte de prière en kit à monter nous-mêmes, si j'ai bien compris. Il y a des intentions standard fournies avec, mais si elles ne conviennent pas, on peut en inventer d'autres.

— Tu lui as dit qu'en matière de prière, nous ne sommes pas très bricoleurs ?

La veille, quelqu'un nous avait prêté un recueil de textes d'Évangile fait exprès pour les enterrements, donc pile adapté à la circonstance. Je m'étais portée volontaire pour faire une première sélection. Le soir, dans mon lit, j'ai ouvert le recueil. Ça commençait par un passage de l'Évangile selon saint Jean : « Moi, dit Jésus, je suis la résurrection et la vie. Celui qui croit en moi, même s'il meurt, vivra ; et tout homme qui vit et qui croit en moi ne mourra jamais. Crois-tu cela ? » Autant dire, ça commençait mal. J'ai cherché des passages qui ne parlaient ni de Dieu, ni de foi, ni de résurrection, sans succès. J'ai eu du mal à m'endormir.

Ce n'est pourtant pas ma faute si je n'ai pas la foi. Enfant, j'ai suivi le catéchisme, j'ai fait ma communion solennelle et surtout j'ai prié, prié, prié, sans aucun résultat, qu'est-ce que j'y peux ?

Notre Père qui est aux cieux refuse de me donner foi en lui. Notre père sur terre ne me donne pas foi en moi non plus. Est-ce pour cela que je dois finir en enfer ?

J'ai huit ans. Je suis couchée dans mon cercueil, on a cloué le couvercle, je suis au fond du caveau et les premières pelletées de terre tombent sur le bois qui résonne des coups sourds, il fait noir, je veux ouvrir les yeux et je me rends compte qu'ils sont déjà ouverts, l'obscurité est totale et l'air commence à manquer. Je hurle. Maman arrive, me prend dans ses bras, dit que j'ai fait un mauvais rêve. Mais ce n'est pas un cauchemar, je le sais. Je vais mourir un jour, c'est certain, et même elle qui m'a mise au monde ne s'aventure pas à me jurer le contraire, ce qui est plus que mauvais signe.

Le curé attend toujours. Avoir été le géniteur de trois enfants, aussi formidables soient-ils, ne lui suffit apparemment pas. Je lis dans son regard qu'il veut que nous cherchions, que cette vie qui vient de s'achever ne peut pas avoir été une vie pour rien. Nous cherchons.

En Bretagne comme en Irlande, la confusion s'est produite de bonne heure entre les personnages purement fantastiques et les fantômes. C'est ainsi que les formes redoutables, primitivement engendrées par la peur des ténèbres, sont, à la longue, devenues des morts. Les kannerezed-noz (lavandières de nuit), le hopper-noz (crieur de nuit), et de manière générale, tous les

Esprits de l'ombre, à mesure que progressait le catholicisme et que s'obscurcissait dans la croyance populaire la notion de leur caractère antérieur, ont été rangés de même parmi les revenants. À titre de revenants anonymes toutefois, et sans autres attributions définies que d'être de mystérieux semeurs d'épouvante. Par là, peut-être, restent-ils vaguement distincts des morts proprement dits.

Après le départ du curé, nous sommes allées Isa et moi au cimetière, où nous avions rendez-vous avec l'employé des pompes funèbres. Le caveau était déjà ouvert : un parallélépipède rectangle vaste mais peu profond, un mètre cinquante ou quatre-vingts tout au plus, qui s'étend sous les dalles mais s'ouvre par le côté. De là où je suis, et je me garde bien de m'approcher, je ne vois rien, mais si je n'étais pas si myope, il est probable que j'apercevrais en me penchant un peu les cercueils de mes grands-parents, les derniers arrivants, posés l'un sur l'autre au ras de l'entrée.

Récapitulons, a dit Isa. Il y a donc deux hypothèses. Soit le cercueil du milieu est en suffisamment bon état pour qu'on puisse le déplacer et le mettre par-dessus ceux du fond, dans ce cas il suffit de décaler d'un cran les cercueils plus récents et de mettre notre père près de l'entrée. Soit ceux du fond sont de toute manière trop abîmés et risquent de s'effondrer, auquel cas il vaut mieux les vider et les regrouper dans un reliquaire. D'accord ?

L'employé des pompes funèbres l'a regardée, hésitant. Nous sommes des matheux, dans la famille. Des esprits rationnels. Les gens ont parfois du mal à nous suivre.

— Vous avez bien compris ? a dit Isa.

L'employé n'était pas sûr d'avoir tout bien compris. Il a dit que peut-être il ferait mieux de demander à son patron de venir voir sur place. Isa lui a souri gentiment, a sorti son bloc-notes, et commencé à dessiner une matrice, comme un jeu de bataille navale.

— Voilà, si j'appelle ça A, B, C, D, et que je mets ici 1, 2, 3, 4 en ordonnées. Il faut d'abord voir dans quel état est le cercueil de mon arrière-arrière-grand-père, celui-ci, en B3.

Je détourne les yeux. Du côté de mon frère, il n'y a aucune aide à espérer. Au téléphone, quand nous lui avons exposé le problème, ça l'a mis d'une humeur de chien. Il ne comprenait déjà pas pourquoi tu devais être enterré ici et pas à Lorient, avec ton père et ta mère. J'ai dû lui expliquer que Maman n'avait sans doute pas envie de faire trois cents kilomètres aller-retour pour mettre des fleurs sur ta tombe. Lorient, j'ai beau y être née, plus aucun d'entre nous n'y met les pieds depuis longtemps. Autrefois, nous y allions un week-end par mois, pour rendre visite à ma grand-mère et nous recueillir sur la tombe de ton père. Il y a des années que je ne suis pas allée au cimetière de Lorient, mais je m'en souviens très bien. Il y a au milieu un très gros arbre, immense, un chêne, je crois. Le chêne de Brizeux. Au pied de cet arbre il y a une pompe. Le chêne est loin de la tombe de Grand-Père. Je fais de longs allers-retours en portant des seaux d'eau trop lourds pour moi, qui n'ai que huit ans. Pourquoi tant d'allers-retours, je me demande maintenant. Il fallait combien de putains de seaux pour nettoyer cette putain de tombe, toi qui ne fais jamais la vaisselle, pourquoi éprouves-tu le besoin d'astiquer cette dalle de granit rose jusqu'à ce qu'elle étincelle dans le soleil du matin ? Je trimbale mon seau sans rien dire, évidemment. Ce n'est pas le bagne, pas de quoi appeler la DDASS. C'est à ça que je pense quand je pense au cimetière de Lorient.

— Et pourquoi pas au Cap-Coz ? a dit mon frère.

Mon regard erre sur les tombes. Est-ce un compromis entre Maman et toi, entre le Finistère et le Morbihan, entre la Bretagne Nord et la Bretagne Sud ? Au temps où nous vivons encore tous à Brest, nous passons nos vacances d'été dans le Sud Finistère, toujours au même endroit, dans la commune de Fouesnant. Les premières années, nous plantons une tente dans le camping qui occupe la plus grande partie de cette petite langue de terre terminée par un bouquet de pins parasols qu'on appelle le Cap-Coz. Plus tard, nous achetons une caravane, que nous remorquons dans le même camping. Encore plus tard, nous achetons un petit terrain à côté du camping, en fait, un bout du camping, et nous mettons la caravane dessus. Et enfin, bien plus tard, alors que j'ai déjà quitté la maison, vous construisez sur ce terrain une maison de vacances. Tu aimais beaucoup le Cap-Coz, tu y avais ton bateau. C'est là que tu nous as initiés aux joies de la pêche en mer.

À mesure que les années ont passé, le camping a rétréci et d'affreux petits lotissements ont poussé tout autour comme des champignons blancs, des champignons parallélépipédiques à chapeau noir et aux angles vifs. La législation est très stricte. On ne peut pas construire n'importe quoi. Pas de lignes courbes, pas de fenêtres en pignon, pas de couleur. Seuls les affreux parallélépipèdes blancs à chapeau noir et à volets roulants sont autorisés. Chaque année en arrivant on constate le désastre, on compte les arbres en moins et les maisons en plus. Le Cap-Coz est devenu moche, mais à l'époque de mon enfance, c'était encore joli. Il y avait beaucoup de pommiers dans le camping, des pommes à cidre bien sûr, et plein de ronces avec de grosses mûres noires.

— Pourquoi pas au Cap-Coz ? ai-je voulu demander à Isa.

C'était déjà trop tard. L'employé des pompes funèbres attendait, les yeux fixés devant lui. Je me suis retournée, et hop, j'ai vu Isa sauter dans le caveau.

Les morts continuent en effet, pour la plupart, de faire dans l'autre monde ce qu'ils faisaient dans celui-ci. Le trépas ne change rien à la condition de l'homme. Le mort est « parti », mais la vie qu'il mène dans sa nouvelle résidence est identique à celle qu'il menait autrefois. Le défunt garde sa forme matérielle, son extérieur physique, tous ses traits. Il garde aussi son vêtement coutumier. Sa maison, il la hante presque autant que par le passé. Il revient s'asseoir devant l'âtre, chauffer ses pieds à la braise, converser avec les servantes, surveiller le train des gens et celui des choses. Et ses sentiments non plus, ni ses goûts, ni ses préoccupations, ni ses intérêts ne sont devenus autres. Les idées chrétiennes n'ont pu entamer sur ce point la vieille croyance primitive. Le mort a ses sympathies et ses aversions, ses amours et ses haines. Comme de son vivant, il se passionne, fermier, pour son champ, pêcheur, pour sa barque et pour ses filets.

Éric a fini par arriver dans la soirée, juste avant que nous passions à table. Je lui ai fait le rapport détaillé de la visite du curé ainsi que du rendez-vous avec les pompes funèbres. Le curé était parti en nous donnant un autre rendez-vous jeudi pour que nous lui remettions les textes choisis, et d'ici là nous étions priés de réfléchir à quelques éléments positifs de la personnalité du défunt afin qu'il puisse rédiger son oraison funèbre. Aux mots « éléments positifs », Éric m'a regardée avec un petit sourire mauvais et j'ai préféré passer rapidement au point suivant, celui du caveau. Après avoir sauté dedans, Isa avait procédé à une inspection rapide des cercueils. Elle avait constaté que ceux de mes grands-parents, achetés au prix du chêne massif, n'étaient qu'en plaqué même s'ils semblaient néanmoins en bon état. Cette découverte avait beaucoup affecté Maman, et a mis mon frère carrément en fureur. Par ailleurs, il avait été difficile de faire saisir aux employés des pompes funèbres les subtilités du regroupement familial qui nous tenait à cœur. Le directeur, appelé à la rescousse, nous avait regardées avec effarement avant de nous assurer qu'il nous comprenait tout à fait et qu'il ferait le maximum pour que nos chers ancêtres passent le reste de leur éternité dans une compagnie qui leur soit agréable. Il avait étudié avec attention la grille de bataille navale que lui avait laissée Isa et promis de respecter scrupuleusement ses instructions. Nous pouvions dormir sur nos deux oreilles, notre arrière-grand-mère Cueff en B2 retrouverait son fils qui reposait actuellement en D4 et son époux en C3, et tout ce petit monde emménagerait dans un reliquaire tout neuf qui remplacerait celui où étaient déjà ses parents et qui serait déposé en A2.

— Je le sens mal, a dit Éric.
J'ai trouvé ça parfaitement gratuit et je lui ai

jeté un regard noir. Pour ma part, le directeur des pompes funèbres m'avait fait bonne impression, il semblait intelligent, consciencieux et efficace. J'ai rassuré Maman, qui nous écoutait toute pâle, avec de larges cernes violets sous les yeux.

— Je vais me coucher, a dit Maman.

Nous sommes restés tous les trois, Éric, Isa et moi, assis autour de la table de la cuisine. Depuis combien de temps ne nous sommes-nous pas retrouvés ainsi, sans enfants, sans conjoint ? C'est comme un retour à l'enfance, au moment où elle s'achève pour de bon.

— Quelqu'un veut boire un verre ? a dit Éric. Allez, buvons. Ce soir, notre enfance est finie et ce n'est pas trop tôt. Évoquons nos souvenirs de campagne, comme des survivants de la Grande Guerre réunis pour fêter l'armistice. Les dimanches d'hiver passés à enlever les pierrailles du remblai dans le terrain marécageux du Cap-Coz, à s'écorcher les mains dans la terre gelée pour en extraire les caillasses qu'on entasse dans une brouette, Éric qui passe son bac à la fin de l'année et qui marmonne entre ses dents qu'il s'en fout, que l'année prochaine il se tire, et moi qui viens d'entrer en sixième et compte avec désespoir les années qui me restent à tuer. Ou les dimanches à bricoler dans notre maison de Brest toujours en chantier puisque tu veux tout faire toi-même, enfin c'est une façon de parler, disons tout faire en famille, les heures passées à te tenir des planches pour que tu les scies et moi si maladroite que ça te rend fou de rage, que ça te fait hurler et m'injurier jusqu'à ce que tu me renvoies à la cuisine aider ma mère et que tu appelles Isa pour me remplacer.

— Ça, tu t'en sortais bien, dit ma sœur.

— Tire-au-flanc, ajoute mon frère.

Les départs en week-end sous une pluie battante quand, calé bien au sec dans ton fauteuil de conducteur, la vitre remontée et faisant des gestes de sémaphore, tu expédiais l'un d'entre nous se faire tremper jusqu'à la moelle pour régler ton rétroviseur extérieur. La terreur quand dix minutes après le départ, je m'apercevais que j'avais oublié mes lunettes et que je tapais timidement sur l'épaule de Maman qui étouffait un soupir et rassemblait son courage pour te demander si on pouvait encore faire demi-tour. Tes rages interminables. Incompréhensibles. Irrationnelles. Inextinguibles.

Ça commence comme ça, pour un rien, une bêtise. Tu te mets à crier, et ça ne s'arrête plus. Tu cries, tu hurles, tu vocifères, sans discontinuer, plusieurs jours d'affilée. Tu t'interromps pour dormir, et le matin ça redémarre, tu es un marathonien de la colère, un athlète de l'engueulade. Ni Maman ni aucun de nous ne pouvons tenir la distance. Moi, au bout d'un moment, je ne t'entends même plus, je coupe le son, je remonte les écoutilles, je ferme les oreilles comme on ferme les yeux, je pense à autre chose, je m'absente, je m'évade, je vais me promener à l'intérieur de moi, faire un petit tour dans ma tête, prendre l'air au-dedans puisque dehors on étouffe. Déjà que j'étais myope, je deviens sourde.

— Et la télévision, dit ma sœur.

Et la télévision. Dans la salle à manger, elle trône en bout de table, à la place d'honneur. Sitôt rentré le midi, tu enlèves tes chaussures, tu t'assois et tu mets Danièle Gilbert. Sitôt rentré le soir, tu enlèves tes chaussures, tu t'assois et tu mets *Des chiffres et des lettres*. Nous bouffons du journal télévisé à tous les repas. Je connais dans ses moindres détails l'affaire de Bruay-en-Artois. Le visage de Brigitte Dewèvre, la jeune fille à lunettes retrouvée mutilée dans un terrain vague, et dont la photo est diffusée chaque jour, m'est plus familier que celui de mes cousines. Pour cette raison, à table, le silence absolu est de règle. Il est difficile de saisir l'instant où l'on peut se risquer à demander du pain ou du sel, ou passer devant le téléviseur pour aller en chercher à la cuisine. Pendant la météo, on a compris, personne ne moufte. Pendant le journal télévisé non plus. Mais aucun programme n'est parfaitement sans danger, pas même les publicités. Il peut toujours arriver que justement, JUSTEMENT, il y ait dans cette publicité un instant précis que tu adores, une image, une phrase, que tu attendais depuis le matin, qui est le rayon de soleil de ta journée, sans qu'on le soupçonne, et de se prendre une bordée d'injures, ou de se faire casser une baguette de pain sur la tête. Dans le doute, quand nous approchons du téléviseur, nous nous mettons à genoux et nous rampons. Nous parlons beaucoup par gestes. Isa et moi avons appris une version simplifiée du langage des sourds-muets, mais ça aussi ça t'énerve. Alors, on ne parle plus. De toute manière, il est rare qu'on ait quelque chose à te dire. Quand on est plus grand, on va parler à Maman dans la cuisine, sous prétexte de rendre service. Tu restes souvent seul à table.

Lorsque, le jeudi 14 février 1974, les deux cents mètres du pylône qui portait l'émetteur de télévision de Roc'h Trédudon se sont écrasés sur le sol, nous sommes sans doute les seuls enfants de Bretagne à avoir sauté de joie. Deux explosions criminelles ont pulvérisé les haubans qui le maintenaient debout. Sur place, on ne tarde pas à découvrir la signature des coupables : FLB (Front de libération de la Bretagne), ARB (Armée révolutionnaire bretonne), Evit ar brezhoneg (Pour le breton).

L'attentat provoquera, le lendemain, le décès par crise cardiaque du directeur adjoint du centre de transmission de l'ORTF. Et, pendant plusieurs semaines, jettera la consternation dans notre foyer. Tu voues aux gémonies les autonomistes. Tu n'es pas le seul. On a souvent dit et écrit que le véritable commanditaire de l'opération était la DGSE, qui cherchait un prétexte à l'interdiction des mouvements séparatistes breton, basque et corse et souhaitait, par cet attentat impopulaire, ruiner le capital de sympathie qu'ils avaient pu se constituer.

C'est parfaitement réussi. L'immense majorité des Bretons, désormais, maudit les autonomistes. Pendant deux semaines, tout l'ouest de la Bretagne, soit plus d'un million d'écrans, sera privé d'image et de son. L'installation de relais dans la Montagne Noire et le bricolage d'une installation à Roc'h Trédudon permettront le rétablissement partiel de la deuxième chaîne. En revanche, plus de deux cent mille foyers, dont nous faisons partie, devront se passer durablement de la première.

Tu fulmines et, pendant quelques semaines, nous respirons. Mais ce n'est qu'une parenthèse. Nous ne perdons rien pour attendre. Bientôt la télévision reviendra, avec une chaîne supplémentaire, même. Tu te découvriras une âme de zappeur avant l'invention de la télécommande. Je commencerai à passer mes repas debout à côté du poste, la une, la trois, la deux, la une, à appuyer sur les boutons.

— Et la pêche, dit Isa.
— Vous lui en avez parlé, au curé, de la pêche ? demande mon frère.

Non. Nous n'en avons pas parlé. À quoi bon ? La pêche pour nous, comme les tranchées pour les poilus, ceux qui n'ont pas connu ne peuvent pas comprendre. La pêche est ta passion. La pêche en mer, bien sûr, pas la pêche à la ligne, tu n'es pas un pêcheur du dimanche, même si par la force des choses tu ne peux t'y livrer que pendant les vacances d'été, au Cap-Coz. La pêche est ta passion et comme le reste, tu tiens à nous la faire partager. La pêche, nous lui sacrifions tous nos étés. Du mois de juin à celui de septembre l'horaire des marées devient notre bible, la météo marine notre prière quotidienne.

Notre bateau s'appelle le *Conquet*. C'est une simple barque équipée d'un moteur, ancrée à quelques centaines de mètres au large de la plage. On la rejoint à la rame dans un canot pneumatique qu'on appelle l'annexe. C'est amplement suffisant pour pêcher au filet et au casier.

Pour ceux qui en ignoreraient tout, le principe de la pêche au casier est simple : un casier est une grosse boîte en grillage, à l'intérieur de laquelle on place des bouts de poisson plus ou moins pourri, qu'on appelle de la bouette. C'est de l'appât, en quelque sorte, mais on ne dit pas appât, surtout pas, « appât », c'est ce que disent les Parisiens, les pêcheurs à la ligne. Les marins, eux, disent bouette, les marins bretons, en tout cas, les autres je ne sais pas. Le casier est percé au milieu de ses faces latérales d'un trou en forme d'entonnoir qui permet au crabe d'y entrer sans pouvoir ensuite en ressortir. Les casiers servent essentiellement à la pêche aux crabes, mais on ne dit pas crabe. On ne dit pas non plus poisson. Ce sont les Parisiens qui disent crabe et poisson. Nous, on dit araignée, moussette, dormeur, étrille. Et rouget, sole, maquereau, grondin, congre, tacaud. Le rouget est ton poisson favori, moi c'est la sole. Le congre, qui parfois s'égare dans un casier, ressemble à un très gros serpent et donne de violents coups de queue. Il faut s'en méfier, mais on en fait de la très bonne soupe. Les tacauds, quand on en prend dans les filets, on les rejette à l'eau, ou on s'en sert pour la bouette. Il n'y a que les Parisiens qui mangent les tacauds.

Le principe de la pêche au filet, je peux tenter de l'expliquer rapidement, bien que je ne prétende pas en être une spécialiste, malgré une quinzaine d'années de pratique régulière. Un filet mesure vingt-cinq ou cinquante mètres de long, sur environ deux mètres de large. Tout le long de la partie supérieure, il y a des petites bouées de la taille et de la couleur d'une clémentine, et à chaque extrémité, un cordage relié à une grosse bouée en liège, qui flotte en surface et sert au pêcheur à le repérer. Toute la partie inférieure, elle, est lestée de plomb. Grâce à cet ingénieux système, le filet se tient donc bien vertical dans l'eau, ses plombs posés sur le fond, attendant sa proie. Il est d'une belle couleur verte ou brune qui se confond à merveille avec l'eau des profondeurs. Sa proie, c'est le poisson, qui, non seulement a un cerveau de la taille d'un petit pois, mais ne sait pas faire marche arrière — la plupart des espèces en tout cas. Sitôt qu'il réalise dans quoi il a mis la nageoire, au lieu de reculer, il fait demi-tour pour tenter de s'en sortir, puis encore, et encore, et ce faisant, s'entortille irrémédiablement. Si le pêcheur vient relever son filet deux fois par jour, il y trouvera un poisson tout emmêlé mais encore bien frétillant, qu'il démaillera délicatement avant de le jeter tout vivant dans un seau. C'est la raison pour laquelle il est important d'aller visiter ses filets le plus souvent possible. Parfois, malgré tout, le poisson meurt avant l'arrivée du pêcheur, dans ce cas, le poisson emmêlé commence à pourrir et à se faire bouffer par des tas d'autres bêtes tels les crabes qui l'emmêlent encore davantage jusqu'à former une petite masse inextricable de nylon, d'algues et de chairs à moitié décomposées et puantes : c'est le sac de nœuds. Le sac de nœuds est le cauchemar du pêcheur, et plus encore de la fille du pêcheur. Mais il est inévitable. Alors, régulièrement, deux ou trois fois par été, il faut relever tous les filets et les étaler sur la plage, sur environ deux cents mètres, à la grande joie des baigneurs, afin de s'attaquer aux sacs de nœuds. Leur odeur est insoutenable. Il faut aussi débarrasser soigneusement les filets de toutes leurs algues, car un filet plein d'algues ressemble davantage à un mur d'algues qu'à de l'eau claire, même pour un cerveau de la taille d'un petit pois. Certaines, les fucus ou les grosses salades vertes, s'en vont toutes seules, lorsqu'on les secoue d'un geste sec. Les petites algues très gluantes et bien collées aux mailles sont délicates à enlever. Une méthode consiste à les laisser se décomposer au soleil jusqu'à ce qu'elles s'effritent sous les doigts. L'odeur de l'algue décomposée ne fait pas toujours la joie des baigneurs, mais elle n'est rien de toute manière comparée à celle des sacs de nœuds.

Voilà à quoi nous passons nos après-midi d'été sur la plage, pendant que nos copains se baignent, font de la voile et jouent au volley, en nous jetant parfois des regards en coin, partagés entre la compassion et une vague culpabilité. Certains se sont, un jour, portés volontaires pour nous donner un coup de main. Aucun ne s'est jamais proposé une seconde fois.

— Vous vous rappelez, la pinasse verte ? demande Isa.

Nous nous rappelons. La pinasse verte est un bateau de pêche professionnel de Beg-Meil. Tu la soupçonnes de venir visiter nos filets en douce, près de la Motte-de-Beurre. La pinasse verte est notre ennemie. Nous faisons tous front contre la pinasse. Face à la pinasse, le clan tout à coup se resserre. Moi, j'aime bien la pinasse. Je suis un traître. Je hais les vacances. Je hais la Bretagne. Je hais le camping, les affaires qui ne sèchent jamais parce qu'il pleut sans arrêt, les toilettes immondes, les jerricans d'eau qu'il faut aller remplir deux fois par jour, les morceaux de glace qu'il faut aller chercher à la camionnette qui klaxonne sur le parking pour les glacières dans lesquelles on garde le poisson, on pêche beaucoup trop de poisson, on croule sous le poisson, on en mange midi et soir, on en donne aux voisins du camping, on en distribue sur la plage, Maman essaie de négocier des échanges avec le boucher, arrivés à la mi-août on tuerait père et mère, père surtout, pour un morceau de viande saignante.

— Pourquoi on ne répand pas ses cendres dans la baie du Cap-Coz ?

MERCREDI

Aujourd'hui commencent les visites. Maman et moi sommes parties les premières pour être sur place dès l'ouverture du funérarium, pendant qu'Isa et Éric se chargeaient d'aller surveiller le bon déroulement des opérations au cimetière. C'est une tradition toujours vivace en Bretagne que tous les voisins, amis ou simples connaissances viennent se recueillir sur sa dépouille mortelle pour rendre un dernier hommage au défunt. Même pour toi, les gens sont venus nombreux. C'est comme ça. Tu n'as plus ton mot à dire. Tous ceux que tu traitais de péquenots entrent désormais sans rancune dans ta chambre mortuaire pour te saluer. La plupart me sont inconnus, ils embrassent Maman et viennent me présenter leurs condoléances, puis se signent et restent silencieux, debout, immobiles, autour de toi. C'est la tradition qui veut ça. C'est la Bretagne de Maman qui t'a adopté malgré toi. On n'y peut rien mais cela fait tout drôle, tant de monde autour de ton lit de mort, pour quelqu'un qui n'avait pas d'amis. À l'enterrement de ta mère, à Lorient, il n'y avait que nous, la famille. Personne ne connaissait les prières ni les chants, le curé disait : chantons tous d'une seule voix et il chantait tout seul, c'était lugubre. Ici au moins il y aura du monde à la messe, peut-être pas pour toi mais au moins pour Maman, que tout le monde aime, comme tout le monde aimait mes grands-parents.

Dans la vie, disais-tu, il y a la famille et les étrangers. Le mot ami n'a jamais fait partie de ton vocabulaire. De la famille, autour de nous, il y en a peu, vu que Maman est fille unique, que ton père à toi est mort, que tes deux sœurs vivent l'une à Paris, l'autre à Lannion, et qu'on ne les voit qu'aux communions solennelles. Les étrangers, il y en a plein, mais on ne les fréquente pas. Du coup, personne ne vient jamais dîner, déjeuner, personne ne téléphone ni ne passe à la maison, à part nos grands-parents et l'été, parfois, les voisins du camping pour l'apéritif. Vous ne sortez jamais tous les deux non plus. Nous les enfants, n'allons chez des camarades ni le soir ni le week-end. Le mercredi après-midi, parfois, quand tu es au travail. Tout le reste du temps, nous sommes en famille. La famille, dis-tu, c'est sacré. Le soir, dans mon lit, le front et le nez contre le mur dur et froid, j'essaie de penser à des choses agréables pour m'endormir et ne pas penser à la mort.

Parfois, avant Noël et mon anniversaire, je m'imagine déballant mes cadeaux.

Souvent, quand je ne trouve aucune perspective agréable dans la vraie vie, je fais des rêves de fugue.

Ou bien alors je pense à Plouguénez.

À Plouguénez, chez mes grands-parents maternels, il y a toujours plein d'amis, on fume, on boit, on joue aux dominos. Les gens autour de nous parlent en breton, on fait de la luge sur les dunes avec des cartons d'emballage, on rit, beaucoup, on entre avec des chaussures boueuses, sauf mon arrière-grand-père et Soizic l'ancienne bonne qui portent encore des sabots et les laissent à l'entrée ou près du poêle.

Quand nous revenons après des vacances passées chez eux, tu critiques nos manières à table et tu dis : On voit que vous avez passé une semaine chez les paysans.

Alors Maman casse une assiette et va pleurer dans la chambre. Tu nous dis vous êtes contents, vous avez fait pleurer votre mère.

À Lorient, ta mère vit dans un appartement qui sent l'encaustique, il y a un long couloir et du parquet bien ciré, on doit mettre des patins mais on n'a pas le droit de faire des glissades, on ne doit toucher à rien et il ne faut pas faire de bruit. Grand-Mère n'est pas méchante mais n'a pas un regard pour nous, je ne suis pas tout à fait sûre qu'elle connaisse nos prénoms, elle nous appelle tous Coco et elle nous dit de nous taire car elle a quelque chose d'important à dire à Papa. Elle est pâle, mince et fragile, vêtue de clair, les cheveux blancs un peu mauves, elle est transparente, un courant d'air pourrait la faire se désintégrer, disparaître dans les nuages.

Mamy, la mère de Maman, aime les blagues et se teint les cheveux, elle se maquille, elle est brune et joyeuse, elle fume, même. Quand il a fini de décharger ses engrais, Dady invente des chorégraphies pour le gala de l'Amicale laïque, il peint des aquarelles et aussi des tableaux à l'huile, il a toujours la clope au bec, le rire aux yeux et une histoire à raconter. Soizic porte une coiffe et un tablier comme les Bretonnes des vieux livres, elle a un visage tout rond, ridé, elle fait des crêpes d'une finesse invraisemblable.

Chez ta mère il y a des Mi-Cho-Ko dans le bas du buffet mais elle ne nous en propose jamais, alors j'en pique en cachette. En cachette je lis *Angélique Marquise des Anges* qui est sur sa table de nuit. Chez Grand-Mère il n'y a pas de lit d'enfant, il n'y a que des lits à deux places, je dois dormir avec ma sœur et nous détestons ça, nous mettons un traversin entre nous. Tu nous as dit qu'il y avait un martinet quelque part, rangé dans un placard, j'y pense souvent mais je ne l'ai jamais vu. La seule chose bien à Lorient c'est que sur le toit du garage, qu'on atteint facilement depuis la rue, il y a des petits cailloux, certains sont en quartz et en les raclant l'un contre l'autre on arrive à faire des étincelles, ensuite on les renifle et ils sentent le feu.

D'amis, chez Grand-Mère comme chez nous, il n'en est pas question.

Heureusement, il y a l'aumônerie.

Pour une raison obscure, sans doute par simple conformisme, tu as tenu à ce que nous ayons une instruction religieuse. En sixième et en cinquième, j'ai donc une bonne raison d'aller à l'aumônerie puisque je vais faire ma communion solennelle. Ensuite, je continue à y aller parce qu'on s'y amuse bien, il y a des boums et des week-ends. Ce sont les années soixante-dix, les curés sont sympa et jouent de la guitare, eux non plus ne trouvent pas ça grave que je ne croie pas en Dieu. Ils ne vont pas jusqu'à m'assurer que je ressusciterai quand même, non, ils ne vont pas jusque-là, malheureusement. Mais avec l'arrivée de l'adolescence, ma peur de la mort s'éloigne, à mesure qu'augmente ma curiosité pour les garçons.

Pour approcher un garçon, pour passer une soirée dehors avec mes copines, l'aumônerie est ma seule chance. En dehors de l'école, c'est la seule brèche dans notre univers familial, la seule porte entrouverte sur le monde extérieur. Enfin je dis une porte, mais ça ressemble plutôt à un vasistas, pour sortir par là il faut beaucoup de contorsions, un marchepied adéquat (Maman), respirer un bon coup et donner un sacré coup de reins, puis se cramponner à la force des poignets, et se préparer à rester suspendu là-haut pendant un certain temps, la tête dehors et les pieds s'agitant à l'intérieur.

C'est la première image qui me vient à l'esprit, mais il y en a plein d'autres. Demander la permission d'aller à un week-end de l'aumônerie, c'est comme une transatlantique, un safari ou un trek au Népal. Ça se prépare très longtemps à l'avance. J'en parle d'abord à Maman dans la cuisine et toutes deux, pendant une phase préliminaire qui peut durer plusieurs jours, restons tapies, à l'affût, guettant l'instant propice. Puis à table, entre deux flashs météo, Maman annonce : Lucien — car tu t'appelles Lucien, en plus de Papa —, Lucien, Sophie a quelque chose à te demander. En règle générale, tu ne réponds pas, tu parles d'autre chose ou tu hausses le volume de la télé, et durant les jours, voire les semaines qui suivent, la même scène se répète à plusieurs reprises. Je vois approcher avec consternation la date fatidique. Au collège, on me presse de donner une réponse ferme. Je tente de faire traîner les choses, je soupire que peut-être, je bredouille que sans doute, j'invente n'importe quoi, mes parents en voyage, le mot d'autorisation perdu.

Un jour enfin, tu me regardes d'un air excédé et tu aboies : Qu'est-ce que tu veux ? Je rassemble mes forces pour commencer à t'expliquer, mais tu m'interromps aussitôt pour me donner ta réponse. Négative, évidemment. Et sans appel.

Alors, je me mets à pleurer.
Dans ce rituel malsain que tu te plais à m'imposer, c'est ton étape favorite, un passage obligé, incontournable. Tu aimes nous voir pleurer, nous les filles. Aussitôt tu t'adoucis, tu en redemandes, tu dis on verra. Alors je continue, je pleure, je pleure, j'en rajoute, je sais que tu aimes chez nous cet aveu de défaite mais c'est une ruse, une arme secrète pour arracher la victoire. Tu jubiles mais tu ne cèdes pas pour autant, pas si vite, tu fais durer le plaisir.

Et puis, un beau matin, la veille ou l'avant-veille du départ, Maman entre dans ma chambre. Elle me dit d'aller te voir, que tu as quelque chose à me dire. Je sais de quoi il s'agit, évidemment. Et bien que, rendue à ce stade, je n'aie plus envie de rien, que personne d'ailleurs au collège ne compte plus sur moi, et surtout que la rage ait étouffé en moi tout désir, je devine qu'elle a dû batailler une bonne partie de la nuit pour te l'arracher, cette permission, alors je me rends à ton chevet. C'est l'heure de la pire épreuve, la dernière. Tu es encore au lit, une revue fiduciaire à la main. Tel Caligula ou Néron étendu sur sa couche, hésitant entre me jeter aux lions ou m'écarteler, tu avances vers moi une main nonchalante.

— Tu as vraiment envie d'y aller, à cette soirée (ce week-end, ce pique-nique) ?

À ce moment, si j'étais courageuse, je hurlerais que non, que je ne veux rien de toi, que ce week-end je m'en fous et que tu peux aller au diable, mais je suis lâche et bien dressée alors je courbe l'échine, je marmonne que oui, Papa, et j'attends l'inévitable baiser qui accompagne ta réponse : eh bien, vas-y, alors. Le pire est que je te dis merci au lieu de te mordre ou de te cracher ma fureur, mais c'est une question d'habitude, à force d'exercices quotidiens l'humiliation devient facile et la servilité une seconde nature.

Une dame vient d'entrer et s'approche pour nous saluer. C'est l'ancienne institutrice d'Éric, me dit Maman. Mon frère, qui est né à Plouguénez, est le seul d'entre nous à être allé à l'école ici, pendant un an ou deux. La dame demande de ses nouvelles, s'extasie de sa brillante réussite. Maman hoche la tête, sourit un peu, avec fierté.

Nous sommes tous trois d'excellents élèves. Comment ne pas aimer l'école ? L'école est un endroit plein d'êtres humains qui ne sont pas de la famille. Personnellement, j'adore l'école. À l'école je suis une petite fille jolie, gaie et intelligente. Chez moi, d'ailleurs ce n'est pas chez moi, c'est chez toi, tu nous le rappelles souvent. À la maison, donc, je suis une moins que rien, une nullité, une emmerdeuse. Mais tu ne peux pas critiquer nos résultats scolaires. De toute manière, tu t'en contrefiches. C'est Maman qui surveille nos devoirs, qui nous fait réciter nos poésies et réviser nos leçons d'histoire-géo tout en faisant le repassage. Exceptionnellement, par accident, tu entres parfois dans la chambre que je partage avec Isa alors que je suis en train de travailler et tu jettes un coup d'œil par-dessus mon épaule. Je déteste ça plus que tout, quand tu fais semblant de t'intéresser, alors que je sais parfaitement que tu t'en fous, que tu méprises la littérature et que contrairement à Maman et à nous, tu ne comprends rien aux sciences.

Moi, j'adore surtout les mathématiques, ces mots qui dessinent une géographie de l'univers, suites et séries convergentes, divergentes, probabilités, dérivées premières et secondes, intersections et infini. Un monde abstrait mais bourré de repères implacables, euclidiens, vectoriels, où toute hypothèse se vérifie, où tout théorème se démontre, où l'on ne s'égare jamais. La physique, j'aime bien aussi, mais moins, à cause des frottements, des incertitudes, de tous ces delta, ces epsilon qui viennent saloper les plus belles équations. Comme Maman, comme Éric et Isa, je suis un esprit rationnel. Toi, tu es un juriste et face à toi, il est impossible d'avoir raison. Ta mauvaise foi nous révulse. Tu te contredis sans scrupule, tu nies des évidences. Pour toi deux et deux ne font pas quatre, deux et deux peuvent faire sept ou trois à l'occasion si ça t'arrange, deux et deux font ce que tu veux quand ça te chante, et les autres n'ont qu'à la fermer.

Tu es un tyran domestique.

Pire que ça.

Tu es une catastrophe naturelle.

Imparable, imprévisible. Pas du genre ouragan sur les Antilles, dont on connaît le parcours approximatif et qu'on attend et redoute pendant des jours en évacuant les villages et en barricadant les maisons. Plutôt du genre tsunami ou éruption volcanique. Tu exploses toujours quand on ne s'y attend pas, là où on ne t'attend pas. Ta loi ne connaît ni causalité, ni logique. Pour te contrer, je développe des stratégies. Sur le chemin de retour du collège, je m'efforce de balayer l'éventail des pires scénarios possibles. Cela marche, parfois. En tout cas, rien de ce que j'imagine ne se passe jamais. Il arrive cependant que cela se passe différemment mais pas forcément mieux. Je compte les jours qui me séparent de la fin de mon enfance.

Dans ma poche, mon téléphone portable a vibré. C'est Éric. Il est au cimetière. Je sors dans le couloir pour décrocher sans que Maman ne m'entende. Il a sa voix des mauvais jours. Les employés des pompes funèbres ont ouvert les cercueils anciens et mélangé tous les ossements. Je suis debout dans le couloir, paniquée. Derrière moi il y a ton corps étendu sans vie, qui devient plus jaune d'heure en heure, qui ne ressemble à rien d'intelligible. Et à l'autre bout du fil, mon pauvre frère seul face aux ossements en tumulte de nos ancêtres, le tibia de Jeannie Cueff en colère de se retrouver coincé entre le crâne d'un vague cousin et la mâchoire d'une belle-fille détestée, ou pis encore. C'est un cauchemar. Je balbutie. C'est impossible. J'argumente faiblement. Éric me coupe d'une voix blanche.

—Je ne sais pas ce qu'avait dit le type des pompes funèbres, mais là, si tu veux, j'ai le tas d'os devant moi et à moins de venir faire le tri toi-même, je vois pas bien ce qu'on peut faire.

Il a l'air énervé. Et Isa, où est-elle ?

Isa est en route. Lui aussi, d'ailleurs, il arrive. Il a raccroché. Je reste debout immobile dans le couloir du funérarium. Tu seras enterré vendredi. Vendredi, tout cela sera fini.

Je suis fatiguée.

J'en ai marre.

Tandis que l'âme souffre en purgatoire ou parmi les landes, le corps garde dans la tombe une sorte de vie qui persiste jusque dans les ossements. Lorsqu'on a l'imprudence de pénétrer la nuit dans un charnier, ce ne sont pas les âmes qui viennent vous frapper d'un coup mortel, mais les ossements eux-mêmes qui se jettent sur vous et vous déchirent. L'homme vit ainsi après sa mort d'une double existence.

JEUDI

Je suis assise en tailleur sur le lit de la chambre bleue, la plus belle de la maison, la chambre du capitaine. Sous l'Occupation, c'est celle qu'avaient réquisitionnée les Allemands pour y loger leur plus haut gradé. Depuis, le nom lui est resté. Les autres sont repartis ce matin au funérarium pour la deuxième journée de visites. Sous prétexte de m'occuper des faire-part, j'ai obtenu de rester à la maison et de les rejoindre plus tard, dans l'après-midi, au moment de la mise en bière. Arrivée hier là-bas peu après le coup de fil d'Éric, Isa n'avait pu que confirmer son récit. Mais elle dégageait de toute responsabilité le directeur des pompes funèbres, qui s'était confondu en excuses auprès d'elle. Apparemment, les cercueils A2 et B2 s'étaient purement et simplement désintégrés aux premières manipulations, et leur contenu s'étant déversé en A1 et B1, qui n'étaient pas non plus en grande forme, il avait été impossible d'éviter le désastre. Pourtant, Isa gardait l'air préoccupé et je voyais bien que quelque chose l'embêtait. Après nous être finalement décidés à dire toute la vérité à Maman, j'ai vu soudain son regard s'éclairer, et elle m'a enfin avoué la raison de sa perplexité : d'après ses comptes il manquait un crâne. Mais elle venait de se rappeler que descendue dans le caveau une seconde fois, elle avait aperçu dans un coin quelque chose qu'elle avait pris pour une pierre et qui, à la réflexion, ne pouvait être que le crâne égaré. Rassérénée, elle s'est chargée d'aller faire son compte rendu à Maman, qui, contrairement à mes craintes, a pris les choses avec philosophie. Les cercueils de nos grands-parents et de notre arrière-grand-père étaient intacts, c'était l'essentiel. Et puis, inutile de regarder en arrière, ce qui était fait était fait, il fallait aller de l'avant, voir le bon côté des choses. En l'occurrence, il y a maintenant suffisamment d'espace dans le caveau pour que nous y entrions tous sans encombre, le moment venu.

On retrouve aujourd'hui, chez les Bretons, les vestiges de la double tradition irlandaise qui voit dans l'autre monde tantôt une région souterraine, tantôt une région marine. La première est figurée, en Bretagne, par le Yeun Elez où les morts s'engouffrent dans les entrailles du sol par un trou vaseux, le Youdic ; la seconde est figurée par un îlot rocheux, le Tévennec, au large de la pointe du Raz. Mais le mode chrétien de sépulture a contribué à déformer l'ancien mythe. La création des cimetières a dû suggérer l'idée que l'autre monde commençait au seuil de la fosse : il n'a donc pas été localisé dans une région déterminée, spéciale, isolée par des montagnes ou par la mer. Le Yeun Elez s'est vu dépouiller ainsi d'une partie de son prestige : on a continué d'y acheminer les âmes, mais seulement les âmes inquiètes, dangereuses, celles qu'on ne peut faire tenir en repos que là.

J'ai observé Éric avec curiosité au moment où il entrait dans le salon funéraire et où il te voyait mort, pour la première fois. Dieu sait qu'à plusieurs reprises, il a rêvé de ce moment et, soyons honnêtes, il n'est pas le seul. Nous avons tous souhaité ta mort, un jour ou l'autre. Avoue-le, tu t'en doutais bien quand tu nous disais de ne pas te regarder avec ce regard d'assassin. Éric a été plus près du passage à l'acte, c'est tout. Un jour, il devait avoir dix-sept ans, il revenait de la pêche. Tu l'as insulté devant tous sur la plage, je ne sais plus ce qu'il avait fait, sans doute n'avait-il pas pris le mouillage exactement là où tu l'avais dit. Il te regardait avec ce regard presque blanc de ses yeux bleus quand il est très en colère, un regard de haine. Tu as dit ne me regarde pas comme ça, tu as levé le ciré jaune que tu tenais à la main et tu l'en as frappé de toutes tes forces. Les gens autour, en maillot de bain sur leur serviette de plage, vous regardaient effarés, n'osant pas intervenir. J'ai vu la main d'Éric descendre vers la poche où il avait son couteau, le couteau qui lui servait à vider les poissons. J'ai eu très peur. Et puis non. Mais je sais qu'à cet instant il s'en est fallu d'un cheveu que tout bascule, qu'Éric ne commette l'irréparable. Je me demandais si, aujourd'hui, devant la réalité de ta mort, il serait saisi d'un hoquet soudain, d'un manque d'air, d'un brusque affaissement nerveux, ou même d'une crise de sanglots. Mais non. Il n'a pas bronché. Il t'a regardé, sans ciller, la mâchoire seulement un peu contractée. Il a senti que je l'observais et il s'est tourné vers moi, avec un bref haussement d'épaules qui disait : non, toujours rien. Et plus tard, dans le couloir, il m'a dit : Il faut croire que pour moi il était déjà mort depuis longtemps. Je n'ai pas répondu.

En rentrant, j'ai suggéré de mettre une photo de toi vivant sur le faire-part, et me voilà aujourd'hui plongée dans les albums. J'ai du mal à être objective mais il me semble que dans ta jeunesse, tu répondais à tous les canons de la beauté masculine : brun, grand, mince, la taille fine et les épaules larges, le regard noir et rieur. Sur la plage, musclé et bronzé, avec ton torse imberbe, tu avais de l'allure. D'ailleurs, chaque fois que je vois Richard Gere, je trouve que tu lui ressemblais. Surtout les yeux. Le sourire aussi.

Et chaque fois que je vois Harrison Ford, je trouve que tu lui ressemblais. Surtout le sourire. Mais les yeux, aussi.

Est-ce que Harrison Ford et Richard Gere se ressemblent ?

L'été, avec ta casquette et ta barbe naissante,

le juron toujours au bord des lèvres, tu ressembles au capitaine Haddock, surtout.

Ce matin au petit déjeuner, Éric a allumé la radio et il est tombé sur la météo marine. Tout le monde s'est tu un instant et a écouté attentivement. Ce n'est plus tout à fait comme autrefois. On parle à présent en hectopascals et plus en millibars, les noms des zones ont changé. Même la mesure de la vitesse du vent. Pour un peu on n'y comprendrait plus rien. La nostalgie nous assaille. Éric nous regarde incrédule, la cafetière à la main.

Inter service mer. Pas d'avis de coup de vent en cours ni prévu.
Situation générale le jeudi 18 août 1973 à 7 heures et évolution :
Dépression 989 millibars à l'ouest des Hébrides, se déplaçant vers l'est, prévue 1 003 millibars au nord-ouest immédiat de l'Écosse la nuit prochaine.

C'est l'été. Nous sommes couchés dans la caravane et c'est l'heure d'aller visiter les filets.

Prévisions par zone pour les prochaines vingt-quatre heures :
Ouest Bretagne et Nord Gascogne : Vent de sud-ouest 2 à 4, localement 5 sur le nord-ouest, virant ouest cet après-midi, et fraîchissant sec-

teur est 7 à 8 dans la nuit. Mer forte à très forte s'atténuant. Pluie ou averses.

Humber, Dogger, Fisher, German…

Autant dire, sale temps sur Ouest Bretagne.

L'heure de se lever, d'enfiler un vieux pantalon en stretch à petits carreaux bleu et noir coupé aux genous, encore humide de la veille, un polo et un vieux pull. On petit-déjeunera en revenant.

La marée n'attend pas.

Nous empoignons l'annexe, toi d'un côté, moi de l'autre, il fait froid et gris, les gravillons du chemin qui mène à la plage me rentrent dans les pieds nus, je sautille un peu, mais ce n'est pas de joie.

Ceux qui n'ont pas connu à dix ans l'angoisse de prendre le filet dans l'hélice du moteur ne savent pas ce que c'est que la peur.

Ma mission, quand il y a du vent et que c'est mon tour d'aller à la pêche avec toi, ma mission, dans ces cas-là, c'est de m'asseoir au moteur et de compenser, c'est-à-dire de faire en sorte que, malgré le vent, le bateau reste bien à l'aplomb du filet que tu es en train de visiter, debout sur le plat-bord avant, afin qu'il ne t'entraîne pas par-dessus bord. D'autres fois, quand il fait beau, ma mission c'est juste de crocher les bouées des filets et des casiers, c'est-à-dire de les attraper quand elles passent à portée de main, tandis que tu coupes le moteur. Je préfère cette mission-là, même si je la rate souvent parce que je ne porte jamais mes lunettes l'été, je préfère quand même celle-là, parce que, pour compenser, je ne suis pas très habile, et surtout que je cours le risque de laisser malgré moi le bateau pivoter sur lui-même et de prendre le filet dans le moteur. Je ne souhaite à personne d'être dans la peau de celle dont la mission était de compenser et qui a pris le filet dans le moteur. Ça a dû ne m'arriver que deux ou trois fois, et je préfère ne pas y repenser.

Je sais que, de ton côté, tu te dis que ce n'est pas de chance que ce soit mon tour aujourd'hui et pas celui d'Isa, et que déjà ça te met de mauvais poil.

Tu aimerais bien que ce soit le tour d'Isa d'aller à la pêche. Moi aussi, j'aimerais bien que ce soit son tour. Là-dessus, on est pleinement d'accord, tous les deux. Si ça ne tenait qu'à nous, ce serait le tour d'Isa tous les jours. Éric commence à te répondre, à te défier, au moins du regard. Isa, elle, est adroite, et surtout elle fait de son mieux, elle s'applique. Quant à moi, je suis une incapable.

Tu cries : Embraye, débraye, mais tu me tournes le dos et je n'entends que « braye », donc je fais au hasard, donc je fais n'importe quoi. En vain tu scandes à tue-tête, accentuant la première syllabe. Han-Braye ! Dé-Braye ! Il va falloir trouver une autre méthode, avec cette incapable, te dis-tu.

Han ! Dé ! Han ! Dé ! te mets-tu à hurler, debout à l'avant du bateau, capitaine fou qui vocifère dans le vent comme un officier à son bataillon d'infanterie tandis que je me recroqueville à l'arrière, petite armée terrifiée arrimée au moteur. Et que les mouettes rigolent.

En juillet, c'est la liberté. Tu restes travailler à Brest, tu ne viens que le week-end. Nous visitons les filets quand même, mais c'est mon frère le capitaine, quand les crabes sont trop durs à démêler nous leur arrachons les pattes puis nous les écrabouillons sur le liston à coups de dame de nage ou de bouée en liège, jusqu'à les réduire en une fine bouillie qui, secouée dans l'eau, se dissout. On ramène moins de crabes à manger mais ça va beaucoup plus vite. Tout en faisant ça, on hurle : « Les pooooortes du-hu péniiiii-tencier bientôôôôôôt vont se-heu refermer !... » Et de fait, dès le début du mois d'août, tu arrives.

À quinze ans, l'été, à l'âge où les autres flirtent et vont en boîte, nous allons toujours à la pêche. Ma sœur et moi, après, nous nous lavons les mains sans arrêt, comme de pauvres petites ladies Macbeth innocentes, pardonnez-nous, notre Père, car nous avons pêché.

Va comprendre pourquoi, les filles de quinze ans n'aiment pas sentir le poisson.

Cuit, un poisson c'est bon, surtout la sole. Vivant, un poisson c'est gluant, ça remue dans tous les sens et c'est dur à choper. Surtout la sole. Mort, pris dans un filet et bouffé par les crabes, mort, un poisson ça pue. Nous nous vengeons Isa et moi à l'heure où les filles vont se faire belles, se parfumer pour leur soirée, nous allons vider la pêche du jour au milieu des derniers baigneurs. D'un coup de couteau rageur, nous entaillons les ventres blancs et mous et regardons avec satisfaction se répandre sang et viscères dans les vagues. Autour de nous des nymphettes sexy et bronzées se mettent à sautiller et à glapir, et s'enfuient en criant de dégoût, ça nous fait rire. Nous nous entendons bien, Isa et moi. Sans doute aimerais-tu que je lui en veuille de ta préférence affichée envers elle, mais je sais bien que sa place n'a rien d'enviable, que tes compliments sont aussi pénibles à encaisser que tes critiques. Si, parfois, quand tu chantes ses louanges, nous faisons mine en douce de lui dessiner une auréole sur la tête, Éric et moi, ce n'est que pour la taquiner, car nous adorons tous deux Isa, son absence totale de méchanceté, sa patience sans limites, sa générosité infatigable. Tu essaies de nous diviser pour mieux régner mais c'est raté, tu as beau faire, notre fratrie reste soudée comme les doigts d'une patte de gallinacé.

— Mon mari avait un caractère difficile, a fini par avouer Maman au curé, quand il est revenu voir où nous en étions pour la messe et nous interroger à nouveau pour préparer son oraison.

Il tambourinait de l'index sur la table, nous commencions à lui taper sérieusement sur les nerfs. Depuis plus d'une demi-heure, il nous soumettait des textes parlant tous du père comme d'une petite lumière qui guide sur le chemin de la vie et de l'amour que tu avais sans nul doute répandu autour de toi. En silence, sans trop oser nous regarder mais échangeant des pensées muettes, Maman, Isa et moi secouions la tête en signe de dénégation. C'est idiot, en même temps, nous pourrions le laisser dire, tolérer certaines approximations, après tout, qu'est-ce qu'on en a à foutre, c'est une messe de funérailles, pas une mise en orbite géostationnaire. Mais notre sens aigu de la vérité, de l'exactitude, ne souffre aucun compromis. À court d'idées, il s'était tu et attendait. On le sentait ulcéré, il était clair qu'il te plaignait sincèrement d'avoir fini tes jours entouré d'une famille aussi antipathique. C'est Maman qui, prise d'une inspiration subite, a fini par débloquer la situation.

— Je ne sais plus si nous vous avons dit qu'il était malade depuis très longtemps.

Le curé s'est penché un peu, intéressé.

— Malade ? de quoi ? depuis combien de temps ?

— Une trentaine d'années, environ.

Le visage du curé s'est épanoui. Tout juste s'il ne s'est pas frotté les mains.

— C'est terrible. Il a dû faire preuve de beaucoup de courage.

Maman a hésité un court instant.

— C'est surtout ma mère qui a fait preuve de courage, a coupé mon frère, qui n'avait pas encore ouvert la bouche.

Maman l'a interrompu.

— Ce n'est pas le propos, Éric.

Et elle a murmuré à l'adresse du curé :

— Disons que ce n'était pas non plus un malade facile.

Mais il n'écoutait déjà plus. Il n'avait qu'une envie, en finir avec ces sales individus incapables de la moindre compassion envers toi qui avais tant souffert. Il avait trouvé l'angle de son sermon et n'avait aucune intention de le lâcher. À partir de là, tout a été très vite. Même la prière universelle a été bâclée en cinq minutes, à l'intention de tous les malades de Parkinson et tant qu'on y est d'Alzheimer passés, présents ou à venir. Ça tombait bien, Maman avait décidé de demander qu'au lieu de fleurs ceux qui le souhaiteraient fassent des dons à la recherche médicale.

Le curé a terminé en nous saluant fraîchement. Nous sommes convenus de l'heure de la cérémonie puis il est parti d'un pas pressé, sans nous serrer la main.

Les âmes qu'il faut encercler et conduire au Youdic, ce sont celles des gens qui ont mené une vie de désordre. Leurs âmes sont condamnées à errer, jusqu'à ce que le tort qu'elles ont fait ait été réparé de quelque façon. Elles sont hargneuses et méchantes. Elles rôdent sans cesse autour de leur ancienne demeure, et se vengent de leur détresse en portant le trouble parmi les vivants. On les conjure, pour les réduire à l'immobilité et au silence.

Une petite enveloppe est tombée de l'album photo. Dessus il y a marqué « Lorient », de l'écriture de Maman. Dedans une dizaine de photos que je n'ai jamais vues, et une autre que je connais par cœur.

Grand-Père, ton père, l'instituteur, a une bouille toute ronde et la moustache d'Hitler. Je n'ai de lui qu'un souvenir très vague, il est mort quand j'avais cinq ans. J'ai cru comprendre que ce n'était pas un homme facile. Tu ne nous l'as jamais dit, mais j'imagine que le fameux martinet, s'il existe, c'est lui qui devait s'en servir. De lui, tu as hérité le goût de l'autorité et un certain nombre de préceptes, dont le fameux « Qui aime bien châtie bien », qui est ta maxime favorite. Ta mère était très jeune quand il l'a épousée, en 1912, dix-sept ans à peine. Entourée de sa mère en corset et chapeau à plumes et de son père en uniforme d'officier de marine, elle est d'une beauté diaphane et sur ces photos Belle Époque, le contraste avec mes bouseux d'ancêtres maternels est aveuglant, je dois bien le reconnaître.

Leur premier enfant, Georges, que je n'ai jamais entendu nommer que Georget, est né en 1914, peu avant la déclaration de guerre. Grand-Père, mobilisé, a été fait prisonnier très vite. Quatre ans en captivité en Allemagne, blessé au bras d'une balle qu'il devait garder fichée dans l'humérus jusqu'à sa mort, puis il a enfin été rapatrié sanitaire en Suisse, en 1918. Ma grand-mère, réfugiée chez ses parents durant toutes ces années, l'a alors rejoint avec Georget. C'est là que le petit garçon a contracté le typhus, juste avant la grande épidémie de ce qu'on appelait alors grippe espagnole. Il n'en est pas mort sur le coup, mais, resté chétif, il a succombé à une méningite en 1919. Sa photo encadrée d'argent trône dans la salle de manger de Lorient, sur le buffet. Il est habillé en fille et a les cheveux longs, blonds presque blancs. Après sa mort, mes grands-parents ont mis près de dix ans avant de commencer à avoir d'autres enfants, ta sœur aînée, puis toi. Et Anne, trois ans plus tard.

J'avais oublié Georget.

Il est là, dans ma main. Il me regarde. Lui aussi repose, dans un tout petit cercueil, sous cette dalle en granit rose près du chêne de Brizeux, que tu astiquais avec tant de fureur. Pensais-tu à lui en ces moments-là et non seulement à ton père comme je l'imaginais, pensais-tu à ce grand frère inconnu éternellement enfant, éternellement chéri de votre mère, éternellement irremplaçable et pleuré ?

J'ai choisi deux ou trois photos de toi pour le faire-part et me suis dépêchée de ranger les autres. Il était déjà près de quinze heures. J'ai dévalé l'escalier et je suis partie au funérarium sur les chapeaux de roues. Il était plus que temps. On m'attendait pour la mise en bière. L'employé des pompes funèbres, en costard et cravate noire, patientait dans le couloir, la visseuse électrique à la main, au milieu d'une petite foule de visiteurs sortis du salon funéraire par discrétion, en cet instant fatidique. Ils se sont écartés pour me laisser entrer et en passant parmi eux j'en ai entendu qui parlaient tout bas en breton. Cela m'a pincé le cœur. Mes grands-parents parlaient français entre eux mais breton avec leurs amis, ou quand ils ne voulaient pas que nous les comprenions, nous les enfants. Nous suivions les conversations en pointillé, les parties en breton étaient mystérieuses et bien sûr les plus intéressantes, entrecoupées de rires ou de soupirs ambigus. De cette langue rocailleuse émergeait de temps en temps un mot français qui désignait en général une technologie récente, « hélicoptère », « télévision ». Les universitaires et linguistes bretons ont inventé des mots pour désigner tout ça, mais ici on ne les emploie pas. Le breton du Léon est le breton le plus pur, paraît-il, le breton des prêtres. Maman le comprend à peu près, mais ne le parle pas, et nous ni l'un ni l'autre. Je n'ai pas su ce qu'ils se disaient.

Éric et Isa se tenaient au pied du cercueil, pâles et figés. Maman s'est approchée de toi et doucement t'a caressé la joue, dans un geste très tendre, puis elle a fait signe à l'homme à la visseuse qu'il pouvait y aller. Alors, sans l'avoir prémédité, je ne sais pas ce qui m'a pris, j'ai fait une chose que la veille encore je n'aurais pas crue possible : je me suis enhardie jusqu'à m'approcher de toi, je me suis penchée et je t'ai embrassé sur le front. Je peux aujourd'hui témoigner que les livres ont raison : poser ses lèvres sur un cadavre procure exactement la sensation d'embrasser de la pierre, une pierre glacée et polie. Je n'avais pas l'intention de te respirer mais je n'ai pas pu m'en empêcher et, dans une bouffée proustienne, j'ai reconnu l'odeur de tes cheveux.

Tu aimais que je te masse le dos. Le soir, tandis qu'encore assis à table tu regardais la télé, je me tenais souvent debout derrière toi et je te massais les trapèzes. Tu disais que j'avais un don. Maman n'aimait pas cela et c'était bien la seule chose que je faisais mieux qu'Isa. Moi, j'étais contente et fière d'enfin te satisfaire. Je te massais à m'en faire mal aux pouces, les bras levés et dans cette position, toi assis et moi debout, tes cheveux étaient à hauteur de mon visage. Je sentais leur odeur, qui était plutôt celle de ton shampoing Hégor, car tu te lavais les cheveux tous les jours. Tu n'en avais jamais assez mais quand pour finir je m'arrêtais, n'en pouvant plus d'avoir les bras levés, tu me félicitais et tu me remerciais. Quand je pense à ces moments-là, je me dis parfois qu'à ta manière bizarre, égocentrique et tordue, tu devais quand même bien m'aimer un peu.

Il y avait d'autres moments de tendresse, mais c'est le seul qui finissait bien. Plusieurs fois, toujours devant la télé, contre toi sur le canapé, je sentais contre ma joue ta chaleur et la douceur de ton pull tricoté par Maman. Tu me prenais la main dans un geste affectueux mais soudain, tu me repliais le petit doigt, tu serrais la dernière phalange contre la première jusqu'à me faire hurler, cela te faisait rire, tu continuais à serrer, je continuais à hurler, tu continuais à rire. Indiscutablement, tu étais fou à lier. Comment ne nous en sommes-nous pas rendu compte, à l'époque ? C'était une folie insidieuse, tu savais donner le change, aux yeux de tous tu étais juste autoritaire, un peu caractériel. Cela te posait des problèmes dans ta carrière, tu ne t'entendais pas avec tes supérieurs, tu t'es fait licencier plusieurs fois. Mais personne n'avait compris qu'en réalité tu étais dingue, complètement cinglé, bon à être enfermé.

J'ai pourtant eu un soupçon, un jour. J'ai vu à la télévision *Ouragan sur le Caine,* avec Humphrey Bogart. L'histoire d'une mutinerie contre un capitaine fou. Bogart passait son temps à faire rouler dans sa main trois billes en acier et à la fin du film, au cours du procès, un des experts psychiatres expliquait que c'était un des symptômes de la paranoïa. J'ai eu une révélation. Tu étais paranoïaque. Tu ne jouais pas avec des billes en acier mais à part cela, tu manifestais tous les signes de la folie du personnage interprété par Bogart : l'autoritarisme exacerbé, les explosions de rage, le délire de persécution, la mauvaise foi pathologique.

Tout cela m'est passé par la tête en une seconde, tandis que penchée sur ton cercueil je te disais adieu. Autour de nous, tout le monde attendait. En me redressant j'ai croisé le regard d'Éric, un regard surpris et teinté d'ironie. Puis deux acolytes se sont approchés en portant le couvercle du cercueil et l'ont posé au-dessus de toi. Quelques coups de visseuse, et c'était terminé.

VENDREDI

Les enfants sont arrivés hier dans la soirée avec Thierry, ainsi que ceux d'Isa, Gilles, son mari médecin, et Catherine, la femme d'Éric. Mes enfants sont trop petits pour t'avoir connu autrement qu'à l'état de légume, ils n'ont pas vraiment de chagrin. La plus grande a fait des efforts pour prendre une mine de circonstance en embrassant sa grand-mère, mais très vite ils ont commencé à jouer avec le chat et ont retrouvé leur gaieté habituelle. Ils étaient surtout contents de ces vacances improvisées, et de retrouver leurs grands cousins.

Contrairement à moi, Éric et Isa se sont tous deux mariés très jeunes. Éric surtout s'est dépêché, sitôt sorti de l'adolescence, d'avoir à son tour des enfants, de fonder sa propre famille, comme pour mieux rayer de sa vie celle qu'il venait de quitter. Sa femme, Catherine, ne t'aimait pas et n'a jamais pris la peine de le cacher. À ses yeux tu étais un être pervers et malfaisant.

Elle t'a toujours tenu prudemment à distance. De toute façon, Éric n'avait pas besoin de ses encouragements pour prendre le large. Gilles, le mari d'Isa, était moins sévère, sans pour autant te défendre. Il te regardait avec détachement, mais non sans un certain intérêt, d'un point de vue purement clinique. Quant à Thierry, il t'a connu trop tard pour se faire réellement une idée. Quand je l'ai amené la première fois à la maison, tu étais déjà très malade. Il m'a dit plus tard avoir été surtout frappé par le fait que je ne te regardais jamais, pour le reste il n'a pu que te découvrir avec effarement, et une certaine appréhension.

Tout le monde s'est levé tôt ce matin et s'est habillé pour la messe. Après le petit déjeuner, nous nous sommes mis en route pour l'église. Le curé nous attendait devant le porche, à peine reconnaissable dans sa tenue de cérémonie. Le corbillard est arrivé peu après. Comme prévu, l'immense église était bondée.

Quand le prêtre est appelé pour une conjuration, il revêt son surplis et tient à la main son étole. Arrivé dans la maison hantée, il se déchausse, car il faut qu'« il soit prêtre jusqu'à la terre ». Pour qu'il puisse reconnaître les traces du mort, les gens de la maison ont eu soin, dès la veille, de répandre sur le sol de terre battue du sable ou de la cendre fine. Le prêtre suit à la piste les traces du mort et s'enferme dans la pièce au seuil de laquelle elles paraissent s'arrêter. C'est là qu'est gîté le mauvais revenant. Là aussi s'engage entre le prêtre et lui un terrible combat. On a vu des prêtres sortir de ces rencontres pâles, exténués, ruisselant de sueur. Tout le temps que dure le sinistre tête-à-tête, les gens de la maison se tiennent tapis au coin du foyer, muets d'épouvante. Ils se bouchent les oreilles pour tâcher de n'entendre point le vacarme effrayant qui se fait là-haut. Chacun se demande avec anxiété qui l'emportera, de l'âme méchante ou de l'homme de Dieu.

En écoutant l'oraison du curé, j'ai parcouru du regard l'assistance et soudain j'ai croisé le regard de mon amie Carole. Elle m'avait fait la surprise de prendre le train du matin de Paris pour faire un aller-retour dans la journée et être à mes côtés le jour de ton enterrement. Tu te souviens de Carole ? Elle a perdu son père il y a peu de temps, elle aussi. Elle m'a dit en revenant de ses obsèques : Apparemment, c'était un type formidable, dommage que je ne l'aie pas connu. Il me semble que le monde féminin est divisé en deux : les filles aimées de leur père, souvent aînées ou uniques, qui grandissent gorgées d'amour et de reconnaissance paternelle et, plus tard, se fichent de l'opinion des autres tant elles sont rassasiées de leur bonne opinion d'elles-mêmes, qui ont le monde à leurs pieds ou du moins qui le pensent. Souvent elles font de la politique, ou des affaires. Et puis les autres, les ignorées, les mal-aimées, celles qui avancent en trébuchant, en se cognant partout, et passeront leur vie à chercher un regard. Carole, comme moi, est de la seconde espèce.

Dans l'église, tout le monde écoute ton éloge d'un air recueilli. La plupart de ceux qui sont là ne t'ont connu que malade, lorsque vous êtes venus vous installer ici, après la mort de mes grands-parents. Beaucoup d'entre eux ont fait les frais de ton caractère « difficile », comme dit Maman, mais pour eux, comme pour le curé, la maladie excuse tout. Pas pour nous. D'ailleurs, d'après Gilles, le mari d'Isa, cette maladie ne doit rien au hasard.
— Tu sais, la rigidité des Parkinsoniens, l'hypertonie en tuyau de plomb, c'est la maladie des gens autoritaires, qui veulent tout contrôler.

Tu es tombé malade pile au moment voulu. Dans la caravane, la nuit, nous vous entendions parler de divorce. Arrivée à la quarantaine, Maman soudain s'épanouissait, ou se révélait, en tout cas prenait confiance en elle, et n'était plus disposée à céder à tous tes caprices.

Quant à nous, nous grandissions et pour toi, cela devenait de plus en plus difficile. Un jour, tu n'en es pas revenu. Isa t'a sauté dessus comme un chat en furie. Isa, la timide, l'adroite, la patiente, tous ongles dehors, s'est jetée sur toi, t'a lacéré le visage en hurlant. Tu en es resté un instant hébété, la bouche ouverte, ne comprenant pas ce qui t'arrivait — cela n'a duré qu'un instant, avant qu'Isa ne courre se réfugier dans notre chambre et que tu te remettes à hurler. Un instant pendant lequel ton monde a vacillé. Elle est folle. Qu'est-ce qui lui prend ? Qu'est-ce que je lui ai fait ? Nous étions à table et si je me souviens bien, tu lui avais demandé de la glace. Elle a tardé un peu à se lever, tu t'es mis à hurler comme d'habitude, et de la cuisine, tout en ouvrant le frigo, elle a osé te répondre. Quelque chose comme : Ça va, ça va, y a pas le feu. Ça ne t'a pas plu du tout. Tu t'es levé pour la rejoindre et devant le frigo, tu as fait un geste avec ta serviette de table, un geste comme pour la fouetter. Et là, de manière tout à fait imprévisible, on ne sait jamais vraiment ce qui se passe dans leur tête, à ces animaux-là, tout à coup, elle s'est jetée sur toi. Après, assis sur un tabouret, pendant que Maman passait de l'alcool sur tes égratignures en essayant de te calmer, tu répétais, contre toute évidence puisque la scène avait eu lieu dans la cuisine : Tu as vu ? Elle a refusé de bouger, tu as vu ? Elle a REFUSÉ de lever le CUL de sa CHAISE !

Ce jour-là, tu as dû sentir que les choses ne seraient plus comme avant.
Peu après, tu es tombé malade.
Tu avais à peine quarante ans.

Ça a commencé bizarrement, sur un parking. Tu donnais à Isa une leçon de conduite et tu as fait une fausse manœuvre, à moins que ce ne soit une autre voiture, je ne sais plus. Tu as été blessé à la jambe et pendant des mois, tu as gardé une difficulté à marcher. Puis cette gêne s'est étendue à la moitié supérieure du corps, tes gestes sont devenus saccadés. On a diagnostiqué une maladie de Parkinson précoce. On ne connaissait pas encore très bien, à l'époque, on t'a administré des doses massives de médicaments qui, te soignant en apparence, ont accéléré sournoisement le processus de dégénérescence. À partir de là, la descente aux enfers a commencé. Tu as réussi à donner le change encore quelques années. Heureusement, après une nouvelle période de chômage, encore une fois viré pour incompatibilité d'humeur avec ton patron, tu venais de t'établir à ton compte comme conseil juridique. Maman, qui avait du temps libre maintenant que nous étions grands, est devenue ton assistante, sans avoir jamais fait de droit elle s'est mise à potasser les dossiers jusqu'à faire seule le boulot que tu étais devenu incapable d'assumer, très vite tu n'as plus été qu'un prête-nom, une signature. Puis quand ta maladie est devenue impossible à dissimuler, après le décès de nos grands-parents, vous avez fermé le cabinet et vous êtes venus vous installer ici, à Plouguénez. C'était la décision de Maman, et elle ne t'a pas demandé ton avis. La maladie n'avait pas changé ton caractère, tu restais le même, en pire, tu récriminais, te plaignais sans arrêt, tu faisais exactement le contraire de ce que recommandaient les médecins, tu en voulais au monde entier et utilisais ta souffrance pour avoir barre sur ton entourage mais Maman ne se laissait plus faire comme avant. Elle était restée, elle était là, elle te soignait et te supportait, c'était déjà beaucoup.

Quant à moi, à seize ans, enfin, j'avais quitté la maison. Je me croyais invincible puisque j'avais survécu à toi. En l'espace de six mois, je couchai avec un homme, une femme, un homme et une femme, je me mis à fumer des cigarettes, du haschich, je respirai la liberté et aussi pas mal d'éther à pleins poumons, puis, dans les années qui suivirent, j'adhérai à des « groupes femmes », je fis du théâtre, pris mes premières cuites, tombai enceinte, avortai, et réussis malgré tout à être admise à Centrale du premier coup, ce qui me conforta dans ma conviction que désormais je ne craignais plus rien ni personne. Tu avais de quoi être fier. Ta fille était brillante et ton éducation réussie.

Lorsque j'étais étudiante à Rennes, tu as fait une dernière tentative pour garder un semblant de contrôle : tu as exigé que je te rende des comptes détaillés sur l'argent que vous me donniez chaque mois. Alors j'ai décidé de m'en passer. J'ai commencé à me rationner, à me nourrir de raviolis en boîte et de cassoulet William Saurin dans ma chambre de cité U pour le plaisir de te dire : Non, merci, Papa, je n'ai besoin de rien. Un jour au téléphone tu t'es mis à crier : Mais comment est-ce que tu te débrouilles pour manger, tu fais la pute ou quoi ? Et ce jour-là je savais bien ce que ça voulait dire, et ce jour-là j'étais contente de ta rage.

Mais non, je n'étais pas devenue putain, finalement. J'avais bien essayé une fois, pour voir, mais ça ne m'avait pas plu. Je n'avais pas la vocation. Et puis j'ai vite trouvé des façons plus commodes de gagner ma vie. Je me suis contentée d'être une fille facile, une Sophie-couche-toi-là qui n'ose jamais dire non, prête à s'allonger sans manières en échange d'un regard tendre et de quelques mots d'amour. C'était un mauvais calcul. Mais un peu de gentillesse suffisait à me faire fondre, et j'étais prête à tout pour éteindre la lueur de haine que je voyais poindre dans les yeux des hommes sitôt que je les repoussais. Ils me traitaient d'allumeuse. Rétrospectivement, il me faut admettre que je cherchais les embrouilles. À l'âge de dix-huit ans, je parcourais l'Europe seule en auto-stop, la main sur la poignée de la portière, prête à sauter en marche à la moindre bifurcation suspecte dans un chemin de traverse. Quand je me suis finalement fait violer, je n'en ai pas fait un drame. Je me suis dit que je ne l'avais pas volé. Je me suis dit que j'avais eu de la chance. Le type ne m'avait pas massacrée, ni même défigurée, il ne me serait pas venu à l'idée de me plaindre. Après, il m'a ramenée sur la route, il m'a demandé s'il pouvait me déposer quelque part. J'ai dit oui, là, ici, tout de suite. Il a tendu le bras par-dessus moi, il m'a ouvert la portière et je suis descendue, puis il l'a tenue ouverte un instant, et il m'a dit merci, alors j'ai répondu de rien. C'est la vérité, je te jure. Pas un instant je n'ai songé à essayer de le retrouver, à relever la plaque d'immatriculation de sa voiture, à porter plainte. Bien sûr, à présent je n'en suis pas fière. Je pense aux autres filles qui peut-être l'ont croisé après moi, ce salopard, et je m'en veux. Mais tu nous avais inculqué la soumission et la peur, l'idée qu'il ne sert à rien de dire non, que face à la force, le seul salut était dans la fuite. De retour chez moi, j'ai pris une douche, je suis allée quelques jours plus tard à l'hôpital faire une prise de sang, et j'ai repris ma vie comme si de rien n'était.

J'ai juste arrêté de manger pendant quatre ou cinq ans, environ.

Bien sûr, tu ne t'es rendu compte de rien. Je ne venais pas vous voir très souvent, un week-end de temps en temps, quelques vacances. Maman me regardait maigrir, inquiète. Les psys que je voyais disaient tous que c'était sa faute, forcément, l'anorexie, c'est toujours la faute de la mère. Je haussais les épaules, mais lorsque je finissais par leur avouer que juste après ma naissance elle avait fait une dépression nerveuse, ils faisaient un petit bond sur leur fauteuil, avec le même air réjoui que le curé l'autre jour. L'affaire était pliée, cela expliquait tout et la messe était dite. J'étais bien avancée. Alors avec elle, j'essayais de comprendre. Elle me posait des questions, on parlait beaucoup. Elle-même venait de perdre ses parents, elle n'allait pas très fort. On se demandait comment on avait pu en arriver là. On comparait nos rêves.

Depuis des années, Maman et moi, nous faisions des cauchemars récurrents. Tous deux avaient rapport avec les dents. Moi je rêvais que mes dents se cassaient, s'effritaient dans ma bouche. Elle, c'était sa mâchoire qui devenait folle, qui se mettait à claquer d'elle-même, à s'ouvrir et se fermer à toute vitesse, sans qu'elle puisse la contrôler. C'était très désagréable, me disait-elle, avec un sens de l'*understatement* tout britannique. Je me sentais partir en miettes, elle se découvrait des envies de mordre. Elle me racontait comment elle était tombée amoureuse de toi, elle si timide, fascinée par ton assurance, ton énergie. Elle se souvenait des doutes de ses parents qui, ayant eux-mêmes dû lutter pour imposer leur amour, n'avaient pas voulu influencer son choix, mais qui étaient inquiets. Même ton père, paraît-il, a un jour confié à ma grand-mère maternelle combien il était soulagé d'être enfin débarrassé de toi. Elle ne l'a su que beaucoup plus tard. Elle, elle était confiante, et d'ailleurs au début, ils avaient été heureux. Puis nous étions arrivés, et graduellement, tu t'étais mis à changer, sans jamais franchir la limite acceptable — nous battre, par exemple —, mais la repoussant chaque jour un peu plus, l'habituant insidieusement à tes crises de rage, à tes injures de plus en plus grossières. Elle avait essayé de te tenir tête, mais face à toi, elle ne faisait pas le poids, elle manquait d'endurance, elle finissait secouée de sanglots, épuisée, à bout de nerfs tandis que tu continuais à vociférer, infatigable. Elle s'était rendu compte trop tard des effets que cette violence avait sur nous. Nous réussissions à l'école, nous étions plutôt gais, nous avions l'air d'enfants heureux.

Je dis souvent « nous », tu as remarqué ? Nous, c'est Éric, Isa et moi. La fratrie. Assez unis, assez égaux devant toi. Je n'ai pas l'impression d'avoir plus souffert que les autres. Pas moins non plus, même si je sais qu'Éric et Isa pensent le contraire. Je ne suis pas d'accord. On est comme d'anciens poilus qui comparent leurs cicatrices, mais grosso modo, on a vécu la même enfance, et puis chacun a fait sa sauce avec ce qu'il était. Éric s'est gelé dans son silence et sa prétendue indifférence, Isa, avec son inépuisable volonté de bien faire, a continué à essayer de te comprendre et moi, je me suis débrouillée comme j'ai pu avec ma culpabilité et ma peur.

À vingt-cinq ans je ne suis qu'un grand sac de larmes, au moindre mot gentil je fonds, ça coule, des torrents de larmes, je n'en finis pas de me vider, je suis pleine d'eau. Une ou deux fois, j'ai appelé Éric à l'aide. Isa n'habitait pas Paris, elle enseignait la physique dans un lycée de Marseille. Alors, laissant tomber son boulot, ses associés, ses réunions, Éric accourait au secours de sa petite sœur. Une fois chez moi il ne savait pas que faire ni que dire, il restait là, à m'écouter, il me prenait dans ses bras et sa présence me faisait du bien. La fratrie, au moins, restait un rocher auquel je pouvais m'accrocher. Éric était déjà père de famille, lui et Catherine s'aimaient, il semblait bien dans sa vie. Malgré sa belle situation et son costume sérieux de chef d'entreprise, quand il souriait, il avait toujours l'air d'avoir douze ans. Avec ses enfants, c'était un papa câlin, un papa copain, un tendre compagnon de jeu. Catherine s'en plaignait, disant qu'il lui laissait faire tout le sale boulot, mais il n'y pouvait rien, l'autorité lui brûlait les doigts.

Moi, je continuais mes études scientifiques et ça me plaisait de moins en moins. La mécanique classique, avec ses incertitudes, ses frottements, n'était rien en comparaison de la quantique, un gigantesque chaos où des particules pouvaient être en plusieurs endroits à la fois et où seule l'observation effondrait la fonction d'onde. J'aimais bien cette expression : l'effondrement de la fonction d'onde. Mais ce qui se cachait derrière me faisait peur. Contrairement à ce que j'aurais voulu croire, rien n'était donc blanc et noir, rien n'était certain et tout était possible. Je bifurquai vers l'informatique. Je me sentais plus à l'aise avec les zéros et les uns, la logique binaire me convenait tout à fait, même si je commençais à comprendre qu'elle ne décrivait pas le monde tel qu'il est. À la surprise générale, je finis par tout laisser tomber.

C'est vers cette époque-là que j'ai rencontré Carole. Elle essayait de faire carrière dans le cinéma. Moi, après mes brillantes études, je vivotais de petits boulots, donnant des cours particuliers de maths ou vendant des ballons et des bonbons dans les foires. Autour de moi, personne n'y comprenait rien. Sauf Carole. Parce qu'elle était comme moi. Elle m'a appelée un jour, une trace de panique dans la voix. Je ne la connaissais pas encore très bien. Je revois l'appartement où j'habitais à ce moment-là, on aurait dit que je venais d'emménager alors que j'y vivais depuis plus de cinq ans. Des tas de papiers étaient empilés dans un coin. Certaines fenêtres n'avaient pas de rideaux, devant les autres l'étoffe pendait d'un air tristement oblique et les étagères dégueulaient des livres sur la moquette.

— Ils m'ont demandé d'aller faire des photos de repérage à Fontainebleau, a-t-elle dit. Il faut que tu viennes avec moi. Je sais bien que sinon je vais me perdre.

Une heure plus tard je suis arrivée sur les ChampsÉlysées. Carole m'attendait à l'entrée de l'immeuble où se trouvait son bureau — depuis quelques jours, elle occupait un poste de stagiaire dans une société de production publicitaire. Elle m'a entraînée vers un amas de tôle défoncée qui évoquait plus ou moins une Renault 5.

— C'est celle du second assistant, a-t-elle dit d'un ton d'excuse en soutenant la portière qui menaçait de se décrocher tandis que je montais dans la voiture. Toutes les autres bagnoles étaient prises, il ne restait plus que celle-là.

— Ça ira très bien, ai-je répondu en m'asseyant.

Heureusement, à l'époque, je n'avais jamais peur en voiture. Je n'avais peur ni en voiture, ni en avion, ni quand je traversais en courant des rues à circulation intense. Je l'ai donc regardée avec détachement se battre avec son levier de vitesses qui, quand elle voulait passer en seconde, butait invariablement contre son siège.

— Peut-être que j'ai trop avancé mon fauteuil, a-t-elle murmuré en fronçant les sourcils.

— Peut-être bien, ai-je répondu.

— Oui, mais c'est parce que je suis petite. Si je le recule, je ne peux plus atteindre le frein.

— Alors ne le recule pas.

— Tu crois ? a-t-elle demandé.

Place de l'Étoile, nous avons navigué au ralenti en nous passant de la seconde, Carole avait vite maîtrisé la transition directe de la première à la troisième. Nous étions prêtes à affronter l'autoroute. Le réservoir étant presque à sec, nous avons dû nous arrêter au premier poste d'essence. Pendant que Carole faisait le plein, je me suis plongée dans la carte routière. Quelques instants plus tard, elle s'est rassise à mes côtés. Elle dégageait une légère odeur d'hydrocarbures et tenait ses mains devant elle comme deux objets assez répugnants mais néanmoins utiles qu'elle aurait ramassés dans un fossé humide.

— Allons-y, a-t-elle dit gaiement en remettant le contact.

Cinquante mètres plus loin, la voiture s'est mise à faire de drôles de bruits et la main de Carole s'est crispée sur le levier de vitesses.

— La quatrième ne passe plus, a-t-elle dit en mordant sa lèvre inférieure.

La troisième d'ailleurs ne passait plus non plus, plus rien ne passait, et de la fumée commençait à sortir du capot. Nous avons stoppé sur la bande d'arrêt d'urgence. Carole a coupé le contact et a retiré la clé. Le moteur continuait à tourner. Nous nous sommes précipitées hors de la voiture, qui ressemblait furieusement à une cocotte-minute, et avons reculé dans les champs, prêtes à nous jeter au sol au premier signe d'explosion. Par chance, un automobiliste courageux s'est arrêté pour venir à notre secours, il a plongé sous le capot et réussi à faire caler le moteur. Nous sommes retournées à pied au garage où nous venions de faire le plein. C'est là que Carole s'est aperçue qu'au lieu d'essence elle avait pris du gas-oil. Nous avons passé l'après-midi dans une cafétéria d'autoroute, tandis qu'on vidangeait la voiture. Carole avait des larmes plein les yeux.

— Nous sommes des inadaptées, a-t-elle murmuré. Nous sommes incapables de nous débrouiller dans la vie. C'est peut-être amusant quand on a dix-huit ans, mais à notre âge, c'est pitoyable.

C'est ce jour-là, pendant cette longue après-midi, que nous avons parlé pour la première fois de nos pères, de notre enfance, et que nous sommes devenues amies à la vie à la mort. Carole aussi avait eu un père fou. Bien sûr, son histoire était différente de la mienne, ses parents avaient divorcé quand elle était petite, elle ne le voyait que le week-end et pendant les vacances. Il avait refait sa vie, elle avait une flopée de demi-frères plus jeunes qu'elle détestait, et son père passait son temps à l'humilier et à lui faire sentir combien elle était nulle, comme sa mère. Lui était un universitaire, un brillant scientifique, il faisait de la recherche en psychophysiologie, il étudiait le comportement animal. Un jour qu'elle était chez lui, elle a retrouvé son hamster favori dans du formol.

Le curé a fait un geste et toute l'église s'est mise à marmonner : « Notre Père qui es aux cieux. » D'un coup, les larmes me brouillent les yeux. Notre père, c'est toi. Et tu n'es pas aux cieux, tu es dans cette caisse en bois et bientôt sous la terre. Ma fille que je tiens par la main me regarde et se met à pleurer.

Pourquoi je te dis tout ça aujourd'hui ? Pourquoi ai-je attendu que tu sois mort pour te parler ? À ma décharge, tu n'es pas vraiment mort hier, ça fait longtemps que tu es mort, plus ou moins. Tu es mort à petit feu pendant trente ans, depuis des années déjà tu n'étais plus là, tu es parti sans qu'on puisse savoir quand, précisément. Quand je m'en suis rendu compte il était déjà trop tard.

C'est la fin de la messe. Les gens se mettent en rang pour aller communier, puis ils passent devant le cercueil, se signent et t'aspergent d'eau bénite. Nous, la famille, ne bougeons pas. Je n'ai pas communié depuis ma solennelle. Et j'ai arrêté de faire le signe de croix lorsque quelqu'un m'a soufflé que je le faisais à l'envers, que je devais confondre avec Z comme Zorro. Quant à Maman, elle n'a jamais su jouer la comédie.

Il pleuvait pour la mise en terre.

Serrées contre Maman sous un parapluie noir, Isa et moi avons regardé ton cercueil entouré de cordes descendre dans la fosse, pendant que Thierry et Gilles s'occupaient de nos enfants. Je t'ai jeté la rose qui me piquait la main. Une rouge, une Baccarat, comme celles que tu aimais, que tu taillais dans le jardin, dont tu nous faisais respirer le parfum. Je suis contente que tu aies des roses sur ton cercueil. Je n'ai rien dit, mais les arums, je trouve, sont des plantes absurdes, qui ne ressemblent à rien, qui méritent tout juste le nom de fleurs.

Un à un, les gens viennent nous embrasser ou nous serrer la main. Quelques récentes connaissances du funérarium, et aussi des visages oubliés, d'autres encore dont le nom ne m'évoque rien mais dont la compassion sincère ne fait pas de doute. Isa et moi sommes les héritières de leur affection, elle nous est revenue de droit ainsi qu'à Maman à la mort de nos grands-parents, tout comme la maison, les meubles et les objets de famille.

Éric se tient à côté de nous, tout droit, impassible sous la pluie qui tombe à seaux. Ils le saluent à son tour, un peu intimidés, en levant les yeux vers lui qui est très grand, puis se hâtent d'aller se mettre à l'abri. Des ruisselets d'eau boueuse coulent le long de la fosse sur ton cercueil et sur tes roses.

Il n'y a pas eu de discours.

Les Bretons sont des gens pudiques. Un peu plus tôt, à l'église, Maman m'avait juste demandé de lire un tout petit texte, très court, pour remercier les gens de Plouguénez de leur aide et de leur soutien pendant ta maladie. Et c'est vrai que tu peux leur dire merci, à tous ces ploucs qui t'ont ramené à la maison quand tu errais en titubant dans le bourg, qui t'ont gardé quand Maman a dû aller se faire opérer à l'hôpital, qui l'ont aidée à te relever quand tu tombais tous les trois pas.

Au café où tout le monde s'est retrouvé après la cérémonie, l'ambiance est plutôt joyeuse.
— Oh, c'est une délivrance, au fond, me dit une voisine en hochant la tête, avec un accent breton à couper au couteau. C'est mieux pour lui, tu sais. Et pour ta mère aussi.
— Il valait mieux qu'il parte, approuve une autre en portant à ses lèvres sa tasse de thé.
Un peu plus loin, Carole écoute avec intérêt un groupe d'hommes qui parlent breton en buvant un coup et en s'esclaffant. Isa et Éric, eux,

discutent avec des cousins éloignés et perdus de vue, contents de les retrouver. Maman, elle, est restée debout. Elle passe d'un groupe à un autre, les gens viennent vers elle et la serrent dans leurs bras, il va falloir penser à toi, maintenant, elle sourit faiblement, les remercie et furtivement, de temps à autre, elle essuie une larme. Quelques années plus tard, à une autre veuve qui lui demandera si la période qui a suivi ta mort n'a pas été trop difficile, elle répondra simplement : Non, pas trop. Elle se fiche du regard des autres. Elle n'a plus de comptes à rendre à personne. Les gens du village la regardent comme une sainte, elle le sait. Cela ne lui fait pas plaisir. Elle hausse les épaules. On voit qu'ils ne l'ont pas vue te ligoter à ton fauteuil de passager dans la voiture pour empêcher que tu t'écroules sur elle quand elle conduisait, ou te regarder avec philosophie t'éloigner seul en titubant dans le jardin, un taille-haie en marche à la main, alors que tu perdais l'équilibre sans arrêt. Il arriverait ce qui devait arriver. Au bout d'un certain temps, elle était devenue fataliste. Elle n'avait plus la force de lutter avec toi. Même nous, parfois, sa dureté nous surprenait, c'est dire. Mais c'était le seul moyen de ne pas perdre pied. Au bout d'une dizaine d'années, elle a réussi à trouver une maison de retraite qui accepte de te prendre pour quelques jours ou quelques semaines, le temps pour elle de venir à Paris, de se poser un peu, de souffler. Mais chaque fois qu'elle revient te chercher elle te trouve amaigri, diminué, avec un regard de bête, tu refuses de te nourrir, paraît-il, il t'arrive même de faire sous toi quand elle n'est pas là, disent les infirmières. Quand elle entre dans ta chambre tu tournes vers elle un regard traqué et d'un coup une étincelle s'allume dans tes yeux, tu l'as reconnue et ton expression se fait suppliante, tu te tends vers elle et elle comprend que tu veux l'embrasser, et elle plie sous le poids de la culpabilité et de cet amour monstrueux que tu as pour elle.

Il y a eu toute une période où c'est devenu insupportable. C'était après la mort de Dady et Mamy, Maman se noyait doucement dans son chagrin et toi, muré dans ton incommensurable égoïsme, tu accaparais chaque seconde de son attention, tu exigeais, tempêtais sans te rendre compte qu'elle était à bout, que tout cela allait mal finir. Cet été-là je suis allée passer quelques jours avec Éric, Catherine et leurs enfants en Vendée et nous avons parlé de l'enterrement de Mamy. Maman en noir et en larmes qui ne te voyait pas, aveuglée par ses pleurs, mais qui reculait à travers les tombes à mesure que tu t'avançais vers elle, courbé sur tes béquilles.

Catherine prépare le melon en prenant soin de laisser un peu de chair sur la peau qu'elle me tend, sans commentaire, pour que je la suçote puisque c'est tout ce que je consens à avaler. Éric dit qu'il faut en finir, te coller dans une maison quelque part, mais on sait bien que c'est impossible, Maman n'en peut plus, Maman est déprimée, Maman s'occupe de toi sans arrêt, mais Maman ne veut pas te mettre dans une maison spécialisée, Maman va finir par craquer, c'est sûr, qu'est-ce qu'on pourrait bien faire de toi ? Il faudrait le piquer, dit Éric.

Si l'intérêt des conteurs de légendes s'est tout spécialement porté en Basse-Bretagne sur les voyages en paradis et en enfer, et s'il s'est écarté, au contraire, des voyages en purgatoire, c'est que l'on est déjà très largement renseigné sur le purgatoire par d'autres moyens, tandis que l'on n'a que de bien rares nouvelles de l'enfer et du paradis. Les âmes errantes, les âmes qui hantent les maisons et les landes et avec qui s'entretiennent les vivants, ce sont toutes ou presque toutes les âmes souffrantes qui n'ont pas encore achevé la pénitence que leur avaient méritée leurs péchés. Les damnés sont à jamais perdus ; une fois enfermés dans l'enfer avec les démons, on n'entend plus d'ordinaire parler d'eux. Les revenants, si méchants qu'ils puissent être, ne sont point d'ordinaire des démons, ce sont des âmes en peine.

SAMEDI

Maman est descendue très en colère pour le petit déjeuner. Elle a reçu une lettre de condoléances de ton cousin germain et de sa femme, que nous voyons peu. Ils sont croyants et très pratiquants. Ils lui ont écrit qu'elle devait être heureuse, qu'ils étaient sûrs que tu étais à présent en paix auprès du Seigneur. L'héritage de générations d'ancêtres radicaux et laïcs, mêlé à la fatigue, la fait vibrer de colère.

— Auprès du Seigneur, a-t-elle dit, et pourquoi pas réincarné en pommier ? Je vais leur faire une lettre en leur disant que je suis heureuse car je suis sûre qu'il va se réincarner en pommier. Je respecte les croyances des autres, mais est-ce qu'il serait possible de respecter aussi un peu les miennes ?

Nous avons convaincu Carole de rester avec nous jusqu'à dimanche et plus tard, à table, nous avons parlé de ta maladie. Au début, raconte Maman, tu étais encore d'une force physique intacte, et tu n'en faisais qu'à ta tête. Pour t'éviter l'accident, il fallait recourir à la ruse. Un jour, Joe Le Saout, l'électricien du village, t'a vu te promener dans l'atelier en tenant un fil électrique branché d'un bout, dénudé de l'autre. À côté de toi, il y avait plusieurs prises multiples emboîtées les unes dans les autres, une bonne douzaine de fiches connectées au total. « Et si je t'installais un disjoncteur différentiel ? », a-t-il suggéré à Maman. Par la suite, chaque fois que le disjoncteur sautait — et il sautait souvent — tu venais dire à Maman qu'il y avait une panne, et elle prenait l'air surpris, et se gardait bien de remettre le courant le temps que tu te calmes. Il était impossible de te faire entendre raison. Tu continuais à utiliser ta perceuse, tu perçais n'importe quoi jusqu'à ce que le foret casse, malgré nos cris. Les gens disaient à Maman : Mais tu le laisses ? Eh bien oui, elle te laisse, ils sont drôles, le moyen de t'en empêcher.

Évidemment, tu ne peux plus sortir en mer. À deux ou trois reprises, cramponné à tes cannes et malgré une élocution déjà incertaine, tu as bien essayé d'aborder en douce des passants pour leur demander de t'aider à descendre le *Conquet* sur la plage. Hésitants, mal à l'aise, ils sont venus en parler à Maman qui a opposé un veto ferme malgré tes regards furieux. Trahi par les tiens, tu as dû finir par admettre que la pêche, pour toi, c'était fini, même si Thierry t'a vu, parfois, marcher au bord de l'eau la béquille levée, dans l'espoir fou d'assommer un de ces gros mulets argentés qui viennent se réchauffer sur le rivage parmi les baigneurs, les jours de beau temps.

Alors, bricoler est devenu ton unique plaisir. Le dernier été que tu as passé au Cap-Coz et où tu tenais encore à peu près debout, tu as mis environ deux cents vis dans tout ce que tu as pu trouver, dans le petit banc de l'entrée, dans les placards et les meubles de la cuisine. Maman a passé une demi-journée à les enlever, une à une, à la fin de la saison.

C'est une maladie bizarre que cette maladie dont tu souffres, un Parkinson atypique de surcroît, extraordinairement précoce et qui ne te fait jamais trembler. Qui te bloque, oui, qui te fige, qui te tord la bouche un temps, les symptômes vont et viennent, se chassent mutuellement. Tu marches avec difficulté sur le plat mais qu'on te mette au pied d'un escalier et tu le gravis d'un pas alerte, devant l'obstacle la connexion voulue se fait soudain dans le cerveau.

— C'est normal, dit Gilles, la plupart des gestes que nous faisons sont des commandes semi-automatiques et chez le parkinsonien ces commandes ne fonctionnent plus. Circuit coupé complètement, c'est mort. Il n'y a plus que les fonctions volontaires. Tu imagines ? Tu veux te brosser les dents, tu dois penser à faire le mouvement vers la gauche, puis vers la droite… L'enfer.

Mais certaines personnes refusent d'y croire, les gens qui n'y connaissent rien trouvent ça vraiment bizarre, le voisin du Cap-Coz est convaincu que tu joues la comédie, et il faut les comprendre. Il arrive que tu avances accroché à Maman, centimètre par centimètre, dans un supermarché. Soudain tu crois qu'elle ne t'a pas acheté la barre chocolatée que tu lui as demandée alors tu lui lâches le bras et en quatre ou cinq vives enjambées, sous l'effet de la colère, tu retournes à la caisse. Maman te rattrape, te montre le Mars qu'elle tient dans la main, et aussitôt, calmé, tu reprends ta marche à tout petits pas sous le regard éberlué de ceux qui assistent à la scène. Maman doit prendre ta défense, expliquer que non, tu ne fais pas semblant, que c'est la maladie qui veut ça. Tu ne maîtrises plus tes gestes, tu n'as plus aucun équilibre mais il est impossible de t'empêcher de continuer à tailler les haies, à scier du bois, à fixer aux murs des vis et des pitons.

— Moi je l'ai vu, dit Thierry, traverser la haie avec la scie électrique en main, je l'ai vu tomber.

— Oh oui, ça oui, disent ensemble Maman et Gilles, oui oui, ça oui, bien sûr, dit Gilles, il l'a fait souvent.

— C'était à l'époque de la chignole, aussi, continue Thierry. L'une des premières fois où je suis venu ici. C'est la même époque.

Maman rit.

— Oui mais là, moi j'ai dit : tant pis, qu'est-ce que tu veux ? dit Gilles.

— Oh moi l'atelier, je disais aussi tant pis, dit Maman. De toute façon j'étais obligée de le laisser.

— Si c'est la façon dont il doit partir, tu peux pas...

— Oui, j'ai bien compris, dit Thierry. Mais moi, je ne savais pas, ça.

— Évidemment, quand on débarque, dit Maman.

— Il a fallu que je comprenne que c'était envisagé comme une hypothèse possible. Que ça se termine comme ça.

— Tu ne peux pas... À la limite, même, mets-toi à sa place.

— Mourir à coups de chignole, dis-je, pourquoi pas ?

— À la limite, mieux vaut ça que finir en légume, dit Gilles.

— C'est pourtant ce qui est arrivé, dit Maman.

— C'est pourtant ce qui lui est arrivé, conclut Gilles. On lui a tellement supprimé les chignoles et les tronçonneuses qu'il n'a pu finir que comme ça. Il ne lui restait plus que l'ouvre-boîte, c'était difficile.

Vers 1995, vous avez pris l'avion à la mi-juillet pour revenir de Paris où vous étiez allés au mariage d'un cousin. Il faisait une chaleur écrasante. C'était l'époque des crises de dyskinésie et des piqûres d'apomorphine à fortes doses. Trop fortes, les doses. Après, on est revenu en arrière. À l'aéroport, comme à ton habitude, tu passais devant tout le monde dans les files d'attente et pour que le message soit plus clair tu brandissais ta canne en faisant aux autres voyageurs des moulinets menaçants, ils te regardaient avec stupeur avant de s'écarter précipitamment.

La crise a commencé juste après votre montée à bord. Maman, tout à fait calme, répétait d'un ton rassurant que ça allait passer, qu'il fallait juste attendre que les médicaments fassent leur effet. Le personnel de l'avion est venu l'interroger au moment du décollage, perplexe : et combien de temps mettent les médicaments à agir ? Une heure, environ, a-t-elle répondu. Les hôtesses de l'air se sont regardées. Le vol Paris-Brest dure une heure cinq. Les autres voyageurs, impeccables, faisaient semblant de ne rien remarquer, stoïques, les yeux fixés sur la ligne bleue des Vosges, tandis que tu te cramponnais au fauteuil devant toi que tu croyais inoccupé et que la petite dame qui y était assise se faisait plus petite encore, comme si de rien n'était, alors que tu la secouais dans tous les sens depuis trente minutes, que tu essayais de lui arracher l'appuie-tête pour t'éponger. Tu es en nage, tu ruisselles, l'hôtesse apporte tout un amas de petites serviettes que Maman tient sur ses genoux avec ta chemise et ton maillot de corps que tu as enlevés pour te mettre torse nu, tu as aussi défait ta ceinture, déboutonné ton pantalon. Et le gars à côté se ratatine lui aussi dans son siège, essayant d'éviter les coups que tu lui donnes malgré toi en gesticulant. Toutes les cinq minutes, un membre de l'équipage vient vous dire : Tout va bien ? Est-ce qu'on peut faire quelque chose pour vous aider ? Et Maman répond : Non, merci, ce n'est pas grave, ça va passer. Et soudain elle se dit que les gens derrière doivent penser : le pauvre homme, il est dans un état effroyable, et en plus sa femme est folle. Elle est prise d'une crise de fou rire, fait semblant de tousser en se cachant derrière les fauteuils.

Quand l'avion est arrivé à Brest, on est venu te dire de rester assis et d'attendre. Bien sûr, tu t'es levé aussitôt, ton pantalon est tombé sur tes genoux et les passagers sont passés tout raides devant toi et Maman qui pleurait de rire. Vous avez fini par descendre entourés de tout le personnel compatissant qui, ne sachant que faire, avait prévenu les pompiers. Ils vous attendaient sur le tarmac avec un fauteuil roulant. Vous allez loin ? ont demandé les pompiers à Maman, non, non, a-t-elle répondu, vous êtes seule ? Oui oui, mais il n'y a pas de problème, ça va aller. Tu t'es installé dans le fauteuil roulant et en passant devant le bar, tu as eu soif, alors vous vous êtes arrêtés, Maman s'est assise et soudain la crise a cessé. Tu as bu ta bière tranquillement puis vous vous êtes levés tous les deux, vous avez abandonné le fauteuil roulant et êtes partis de façon tout à fait normale sous le regard ébahi de tous.

Bien sûr que tu souffres, toi aussi. Tu crois qu'on ne le sait pas ? Mais tu décourages la compassion, tu continues à nous injurier, tu nous jettes des regards de haine en faisant mine de croire que nous sommes responsables de ton état, comme des années plus tôt lorsque après une de tes crises de rage tu nous disais : Aujourd'hui vous avez abrégé ma vie de cinq ans. Déjà alors, cyniques, nous faisions le calcul, tu aurais du être mort depuis longtemps, que veux-tu, à force nous nous sommes endurcis.

Carole nous écoute, les yeux écarquillés. Elle ne t'a vu qu'une fois, pendant quelques jours de vacances qu'elle était venue passer avec moi. Cela a suffi à l'impressionner. Notre entrée dans une crêperie de Fouesnant, toi tout tordu sur ta canne et suspendu à mon bras, le regard noir et l'air méchant, on aurait dit Quasimodo et Esméralda, dit-elle, ou bien la Belle et la Bête. Dans le restaurant tout le monde s'était tu pour nous regarder.

— Tu avais l'air si douce, me dit-elle, et vous étiez tous si gentils avec lui. Je vous ai admirés. Moi j'avais déjà changé mon nom de famille pour ne plus porter celui de mon père, pour ne plus rien avoir à faire avec lui.

Et la honte qu'elle a éprouvée quand tu as

renvoyé cinq fois ta galette à la serveuse épouvantée, parce que tu voulais plus de beurre, plus de beurre encore, et que l'œuf n'était pas assez miroir et qu'elle était trop salée. La honte à s'en cacher sous la table, dit Carole, et cela me fait sourire, car pour nous aussi bien sûr, c'était la honte, sauf que nous, nous avions l'habitude.

Quant à moi, arrivée à l'âge de trente ans, je commençais à aller mieux. D'anorexie en boulimie, il faut croire que j'avais fini par la vomir tout entière, cette enfance qui m'était restée si longtemps sur l'estomac. J'avais un peu moins mal au cœur. Surtout, j'avais rencontré Thierry, Thierry qui me faisait rire et qui me faisait trembler, mais pas de peur, Thierry qui me caressait et me chuchotait qu'il m'aimait, Thierry qui voulait un enfant de moi. Mes cauchemars avaient cessé. Au contraire, il m'arrivait parfois de faire un rêve délicieux, toujours le même, à quelques variantes près. J'étais chez moi, à Paris, et au fond d'un placard je découvrais une porte, qui menait à une autre pièce, puis une autre, je me rendais compte que mon appartement que je croyais si petit était en fait immense, et cette constatation me remplissait d'un bonheur fou.

Mon premier petit ami, du moins le premier que j'ai amené à la maison, et ce fut aussi le dernier, était italien et s'appelait Stefano, durant tout notre séjour tu l'avais appelé sans rire

Alberto, Riccardo ou Cappuccino, prétendant que tu n'arrivais pas à retenir son prénom. Le jour où, au téléphone, j'ai annoncé à Maman mon intention de me marier avec Thierry, que vous ne connaissiez pas, elle t'a passé l'appareil et ton compliment, ton vœu de bonheur, a été qu'il était temps, que vous commenciez à être inquiets de mon célibat qui se prolongeait. Je ne vous ai pas invités à mon mariage. Je n'avais pas envie que tu me gâches ce jour-là. Maman en a été triste, mais elle ne m'en a pas voulu.

Puis il y a eu les enfants, dont je ne dirai rien, parce que cet amour-là, je ne crois pas que tu puisses le comprendre.

Je fais le tour de la maison avec Carole, à la recherche de traces de toi. Il y en a peu. Quand vous avez emménagé ici, Maman et toi, tu étais déjà très malade. Aucune chance d'imposer ta marque après un siècle d'occupation par ma famille maternelle. Des traces de mon grand-père, il y en a partout, cendriers en forme de sacs d'engrais azotés, installations électriques artisanales, toiles encadrées et aquarelles sur les murs. Même la cache qui date de l'Occupation et la trappe dans le garage qui permettait de s'y réfugier, directement depuis le camion, en cas de menace de rafle des Allemands. Les traces de ma grand-mère sont plus discrètes, plus ménagères, mais bien présentes : vaisselle et linge, draps bien rêches et brodés aux initiales. Maman, lorsqu'elle s'est installée, a refait les salles de bains et la cuisine, ouvert des portes-fenêtres, apporté des éléments de confort moderne. De toi, rien. Je pousse la porte du salon et je vois le lit médicalisé. À côté, il y a le lève-malade. Maman l'avait loué les derniers temps pour te déplacer du lit sur le fauteuil roulant. C'est une espèce de treuil avec une poulie et un harnais maillé étendu sous toi par-dessus le drap. Lorsqu'on appuie sur la commande électrique, le filet se resserre autour de toi et la poulie t'élève de plusieurs dizaines de centimètres au-dessus de ton lit, comme une pêche miraculeuse. Ensuite il faut te diriger au-dessus de ton fauteuil puis te redescendre délicatement, cette fois c'est nous qui sommes aux commandes, et toi le capitaine devenu un gros poisson inerte, nous pourrions y voir une revanche mais pas du tout, juste une plaisanterie pénible qui ne fait rire personne sauf mes enfants qui adorent cet engin et se disputent pour aller relever Papy. Je dois être très pâle car Carole me regarde bizarrement et pose sa main sur mon bras. J'ai soudain besoin d'air.

Dans le jardin, de l'autre côté de la cour, il y a l'atelier. Depuis combien de temps n'y ai-je pas mis les pieds ? La porte résiste, je l'ouvre d'un bon coup de talon. À l'intérieur c'est toujours le même fatras épouvantable, un enchevêtrement d'outils, de matériel et de débris divers déposés là génération après génération. Personne n'a fait le ménage ici depuis des siècles. Une chambre à air du camion de mon grand-père y gît écrabouillée par le projecteur de lumière noire avec laquelle il éclairait ses ballets de l'Amicale laïque, et aussi des piles de plaques en bronze, récompenses de mon arrière-grand-père au Concours agricole, premiers ou seconds prix d'étalon postier breton. Mais ici ta marque à toi est bien visible, toute la couche superficielle parfaitement identifiable, importée directement de notre maison de Brest, tes outils sur l'établi, tes clous, tes vis, tes étaux, tes perceuses.

— C'était à lui, le télescope ? demande Carole.

Elle me montre dans un coin ta lunette d'astronomie, accompagnée de tout un tas d'accessoires, objectifs de toutes sortes et pieds télescopiques, pour la plupart cadeaux de fête des Pères ou d'anniversaire, chaque année un casse-tête insoluble, car que peut-on offrir à quelqu'un qui ne fume pas, ne lit pas et ne s'intéresse à rien. Mais je suis injuste, tu vois. Car c'est vrai, curieusement, tu aimais les étoiles. Toi si peu physicien et encore moins poète, tu passais des heures à la fenêtre ou sur la terrasse à contempler le ciel. Tu expliquais à qui voulait les voir et même aux autres les anneaux de Saturne et la Voie lactée, le Sagittaire et le Capricorne, le W de Cassiopée et Vega. Éric et Isa écoutaient, fascinés, moi moins. Tu me collais à mon tour l'œil à la lunette, tu la vois, la nébuleuse d'Andromède, tu la vois oui ou non, bon sang de nom de Dieu ? Je disais oui, pour avoir la paix — tu oubliais toujours que j'étais myope. Sans mes lunettes de vue, le ciel pour moi était noir et dans l'oculaire du télescope c'était pire. Mais je faisais semblant de t'écouter, de la voir même, parfaitement, l'étoile Polaire, en suivant la droite imaginaire tracée par les roues arrière de la Grande Ourse. Les alignements, c'était ton truc. C'est comme ça qu'on repérait l'emplacement des filets dans la baie du Cap-Coz, la bouée jaune par la petite maison blanche de Beg-Meil et la grande balise rouge par l'anse de Kerleven. Sans doute est-ce en marin que tu aimais les étoiles.

À quel moment as-tu cessé de regarder le ciel ? Les derniers temps, avant que la maladie te cloue à ton fauteuil, puis à ton lit, tu passais le plus clair de tes journées dans cet atelier, tes soirées, une bonne partie de tes nuits, tu refusais toujours d'aller te coucher. Une nuit, Maman t'y a trouvé à une heure du matin, étendu sur un tas de ferraille. Tu étais tombé et comme d'habitude, tu ne faisais aucun effort pour te relever, tu refusais de bouger. Maman a parlementé avec toi en vain, puis elle a eu la tentation de t'y laisser passer la nuit, elle a fait mine de monter se coucher. Mais évidemment, elle n'a pas pu dormir. Alors elle s'est relevée, est retournée près de toi, s'est échinée à te mettre debout, elle s'est épuisée, elle s'est cassé le dos, tu ne faisais rien pour l'aider et tu étais encore si lourd, elle n'avait plus la force. Elle s'est assise un moment et a réfléchi. À cette heure de la nuit, impossible de faire appel aux voisins. Elle était ivre de rage. Tout d'un coup, elle a eu une idée. Ce qu'il lui fallait, c'était un palan, tu te souviens, vous aviez une corde en travers de la chambre au Cap-Coz pour que tu puisses te lever de ton lit. Où pourrais-je accrocher une corde ? s'est-elle demandé, il faut dire qu'il était deux heures du matin et qu'elle était crevée, qu'elle avait les nerfs en pelote. Tu étais étendu tout près de la porte de l'atelier, les pieds du côté de la sortie. Elle te les a coincés avec une caisse remplie d'outils et a trouvé dans ce fatras un cordage qu'elle t'a enroulé plusieurs fois autour du torse. Puis elle est allée chercher la GS au garage, s'est positionnée en face de l'atelier, le coffre vers tes pieds, a fait passer l'extrémité du cordage devant les sièges avant, et de nouveau deux ou trois fois autour de toi. Elle a fait un nœud solide. Les nœuds marins, ça la connaît. Enfin, elle est allée s'asseoir à la place du conducteur et elle a démarré, avec l'espoir que, comme au ski nautique, la traction allait te mettre debout. Mais ça n'a pas marché. Un jour, elle racontera l'histoire en pleurant de rire. Cette nuit-là elle en pleure de rage. La caisse n'était pas assez lourde, tu t'es laissé traîner sur les fesses, sur plus d'un mètre, deux peut-être, jusqu'à ce qu'elle finisse par renoncer en remerciant le ciel que personne n'ait assisté à la scène et de ne pas avoir été coffrée pour maltraitance ou internée. Pour finir, elle s'est résolue à appeler les pompiers, ils sont arrivés au pas de course, en nombre, une bonne demi-douzaine, casqués, bottés, avec le gyrophare, la grande échelle et tout le tintouin, qui t'ont empoigné, monté dans ta chambre, mis au lit et bordé vite fait, ça n'a pas traîné.

— Il n'y a qu'à vous que je peux raconter ça, a-t-elle soupiré en nous faisant le récit de la scène entre rires et larmes, quelque temps plus tard, à Isa et à moi.

Et c'est vrai, il n'y a qu'à nous, ses enfants. Elle et nous sommes devenus des complices, des coupables. Tu nous a rendus monstrueux, tu as fait de nous des bourreaux, quand tu tombes nous nous contentons d'aller glisser un oreiller sous ta tête, les gens qui ne te connaissent pas nous regardent avec effarement vous n'allez pas le laisser là comme ça, si si, ne vous inquiétez pas. Ils ne savent pas que si nous essayons de te relever tu vas hurler, nous traiter de tous les noms de la terre salope putain pouffiasse enculée, et que c'est bon ça suffit nous avons déjà donné merci, saletés ne me touchez pas vous voulez me faire crever ou quoi non pas du tout. Quoique.

Un autre soir, au Cap-Coz, tu nous rends tous fous depuis des heures, nous sommes en train de débarrasser la table, tu dis que tu n'as pas pris ton médicament, nous n'en pouvons plus, mais si, tu l'as pris, Maman est sûre de l'avoir posé sur la table et il n'y est plus, c'est donc que tu l'as avalé, forcément, et soudain je vois le comprimé rose sur le dessus de la poubelle au milieu des déchets, je le montre en silence à Maman qui furieuse le prend entre deux doigts et te le jette sur la table, tiens, le voilà ton fichu cachet.

Lorsqu'en voyageant dans la presqu'île armoricaine, écrit Renan, on entre dans la véritable Bretagne, dans celle qui mérite ce nom par la langue et la race, le plus brusque changement se fait sentir tout à coup. Un vent froid, plein de vague et de tristesse, s'élève et transporte l'âme vers d'autres pensées ; le sommet des arbres se dépouille et se tord ; la bruyère étend au loin sa teinte uniforme ; le granit perce à chaque pas un sol trop maigre pour le revêtir ; une mer presque toujours sombre forme à l'horizon un cercle d'éternels gémissements… Il semble que l'on entre dans les couches souterraines d'un autre âge, et l'on ressent quelque chose des impressions que Dante nous fait éprouver quand il nous conduit d'un cercle à un autre de son enfer.

DIMANCHE

Je suis descendue tôt pour conduire Carole à l'aéroport. Maman était dans la salle à manger, assise en robe de chambre, toute droite, les mains sur les genoux, immobile. Elle avait l'air fragile, un peu perdue. Je me suis assise à côté d'elle doucement, je lui ai pris la main.

— Ça va ?

— Ça va. Je n'ai pas très bien dormi, mais ça va.

La veille, nous lui avions proposé de venir passer quelque temps chez l'un de nous, à Paris, mais elle n'avait pas voulu. Pas tout de suite, en tout cas. Nous n'avions pas insisté. Elle viendrait nous voir quand elle voudrait, à présent tout serait plus facile. Nous restons un long moment sans rien dire. C'est elle qui brise la première le silence.

— Le plus dur, tu vois, dit-elle, c'est de ne pas avoir été là quand il est parti. De penser qu'il est parti tout seul.

Sa voix s'étrangle. L'infirmière de nuit l'a appelée à deux heures du matin, elle était rentrée vers minuit dormir quelques heures avant de revenir à l'aube, avant qu'on t'emmène au bloc opératoire. Je hausse les épaules, je dis : Personne ne pouvait savoir. Mais moi aussi, soudain, ça me donne envie de pleurer, que tu sois parti tout seul, et puis je trouve ça injuste pour elle, après tant d'années passées avec le souci constant de toi, à chaque minute, chaque seconde.

Tu es devenu grabataire.

Maman s'obstine à te lever deux fois par jour avec le lève-malade pour te nourrir à la petite cuillère. Elle te prépare des plats que tu aimes, elle te sourit quand un petit grognement, un clignement d'yeux lui montrent que tu es content, que c'est bon, que tu apprécies. Moi, quand je suis là, tu ne me vois pas, ton regard glisse sur moi sans me reconnaître, cela ne me dérange pas, au contraire. Seule ma fille qui est toute petite éveille un peu ton intérêt, soudain ton regard se fixe, tu la regardes vraiment, une étincelle s'allume dans tes yeux. Tu tends la main vers elle qui a deux ans et reste la cuillère en l'air, pétrifiée, se demandant ce que tu lui veux.

Il devient de plus en plus compliqué de te nourrir. Chaque repas dure des heures, chaque bouchée est une lutte. Tu ne parviens plus à déglutir, ou tu avales de travers, tu t'étouffes. Plusieurs fois déjà Maman a dû appeler le Samu.

La dernière fois, c'était il y a quelques jours, on t'a emmené à l'hôpital, et tu n'en es pas ressorti. On t'a mis sous perfusion, on a parlé de t'opérer, de te poser une sonde pour t'alimenter directement dans l'estomac. Maman n'a pas voulu, le goût des aliments est la seule chose qui te procure encore, parfois, un tout petit peu de bonheur. Les médecins ont dit c'est ça ou le laisser mourir de faim. Les médecins ont dit on va attendre, alors. Attendre quoi ? Maman a fini par céder. Et c'est là que la nuit d'avant, d'avant l'opération, tu es « parti ». Sans raison.

— Ce n'était plus une vie, de toute façon, dit Maman.

Je la regarde, pâle et les yeux cernés. Est-ce que tu nous aimais ? Elle, oui, tu l'aimais, tu l'aimais comme un fou, de cela je suis sûre, notre mère si belle et si douce, et si gaie et si tendre. Mais qu'est-ce qu'elles ont toutes, ces femmes, à aimer tant leurs enfants, pensais-tu, et pourquoi ne pouvais-tu avoir tout son amour pour toi, toi dont la mère déjà en chérissait un autre ? Jaloux, tu étais, jaloux de nous, et tu nous as punis d'exister, sans même t'en rendre compte.

Enfin, ce n'est qu'une hypothèse.

Ça n'a aucun rapport mais je demande soudain à Maman si elle fait toujours son cauchemar, celui des dents qui marchent toutes seules. Elle me regarde, surprise. Non, répond-elle, tiens, c'est vrai, je n'y pensais même plus. Et toi ?

Moi non plus.

Ce soir nous rentrons à Paris. Je quitte la Bretagne sans regret. Contrairement à la plupart de mes compatriotes, je ne raffole pas du climat breton. Moi j'aime le soleil, les déserts, la Méditerranée et la Californie, les oliviers, les cigales. Je te l'ai dit, je suis un traître.

D'ailleurs, de tous les côtés, par toutes les branches, nous sommes bretons depuis la nuit des temps, mais il y a un problème. Notre nom, le tien donc, celui de ton père, n'est pas breton. Dans le dictionnaire des noms de famille que nous avons à la maison, il est dit que c'est un nom germanique. Dans ma tête, je m'invente l'histoire. Ce n'est pas un mystère insoluble. Lorient est un port. Un jour, il y a des siècles, un navigateur venu de loin, un Viking peut-être, noble sans aucun doute, a abordé dans le golfe du Morbihan, en a aimé les pins, les îles et la douceur, y a pris femme et a donné naissance à notre dynastie. Tu étais très fier de ton nom, tu nous rappelais souvent, quand nous étions petits, qu'Éric en était le dernier héritier masculin.

Pendant que Carole se préparait, je suis montée au grenier. Souvent, quand j'étais en vacances à Plouguénez, je grimpais là-haut et je m'installais dans la maison que je m'étais fabriquée à l'intérieur d'un grand carton, avec un petit piano-jouet qui n'avait plus de panneau à l'arrière et sur lequel je jouais de la harpe. Je dévorais de vieux livres poussiéreux, de vieilles bandes dessinées mais aussi des recueils de légendes, *Quand les fées vivaient en France* et d'autres choses du même genre. J'aimais la légende d'Ys, les histoires de villes englouties, le Val sans retour et tous les autres contes de la forêt de Brocéliande. J'étais contente d'être née au pays des fées, et folle de rage qu'on ait pu rebaptiser Brocéliande d'un nom aussi ridicule que Paimpont.

Mais mon carton avait disparu. Maman était passée par là. La balançoire était toujours là, suspendue à une poutre, mais le grenier était bien rangé, les livres soigneusement triés sur les rayonnages. Je ne sais pas pourquoi j'ai sorti le livre d'Anatole Le Braz, *La Légende de la mort chez les Bretons armoricains*, dont je ne gardais qu'un assez vague souvenir. J'ai commencé à le feuilleter, comme souvent, par la fin. Je saute souvent le début des livres, peut-être parce que je lis surtout des biographies et que les récits d'enfance ne m'intéressent pas, je les trouve ennuyeux, le plus souvent. J'ai parcouru la préface à la première édition de Léon Marillier, qui dans cette édition-là, la troisième, je crois, avait été rejetée à la fin, en appendice.

Je suis tombée sur un passage qui parlait de cet état étrange que l'on mentionne dans certaines légendes bretonnes et qui n'est plus la vie, mais pas encore la mort. Selon lui, il survivait sourdement chez les Bretons l'idée qu'il existe des degrés entre la mort complète et la vie véritable. C'est de cette vie mystérieuse que vivent les villes disparues, Lexobie ou Ker-Is, englouties sous les eaux. « Car il semble bien que la ville d'Ys ne puisse être considérée ni comme un enfer, ni comme un paradis ; si ceux qui l'habitent ne l'habitent que pour un temps, si ces habitants sont des morts, il faudrait la regarder comme une sorte de purgatoire. »

Léon Marillier était le beau-frère d'Anatole Le Braz, et comme lui un universitaire, spécialisé dans l'histoire des religions. D'après une croyance généralement répandue en Basse-Bretagne, disait-il, ceux qui meurent de mort violente doivent également rester entre la vie et la mort jusqu'à ce que soit écoulé le temps qu'ils avaient à vivre. « Toute besogne inachevée semble ainsi contraindre l'âme à rester à mi-chemin de la mort. Le vieux fermier de Tourc'h, par exemple, a gardé l'apparence d'un homme et il revient auprès de sa femme parce qu'il n'a pas fait son compte d'enfants. Cet état est l'état même des princesses enchantées et enfermées en une montagne ou un château mystérieux. »

Marillier écrivait encore : « Les croyances qui ont donné naissance à ces récits, où les acteurs principaux sont les âmes des morts, sont des croyances encore actives et fécondes… »

Il ne croyait pas si bien dire.

Le 20 août 1901, raconte Le Braz, Léon Marillier embarqua dans un bateau à Pleubian, sur la rive droite de la rivière de Tréguier, avec dix autres membres de sa famille. Le bateau fit naufrage à deux cents mètres de la côte, près d'un poste de douane. Ils périrent tous sans que personne ne vînt les secourir. Marillier resta toute la nuit accroché à un récif. La côte était pourtant assez rapprochée pour qu'il pût distinguer, non seulement le profil des maisons, mais jusqu'aux ombres des gens dans le cadre des vitres encore éclairées. À tout instant, il se disait : « On va venir. » Mais non. Il cria toute la nuit : toute la nuit on le laissa crier. Par la suite, durant son agonie qui dura plusieurs jours, il raconta qu'« il avait vu toutes les étoiles s'allumer dans le ciel et toutes les lumières s'éteindre dans les maisons ». Il ne fut repêché qu'à l'aube. Interrogés, les gens de la côte répondirent en baissant la tête qu'ils avaient bien entendu ses appels, mais que justement à cause du caractère déchirant de ces hurlements, ils avaient cru qu'il s'agissait des âmes des noyés du gouffre de Plougrescant. Ou peut-être bien du crieur de nuit, qui n'est pas pour les Bretons un veilleur mais un esprit torturé en forme de géant, qui hante la lande et dont il ne faut à aucun prix croiser le regard.

D'autres appels, presque aussi pathétiques, ont soudain interrompu ma lecture. Carole criait mon prénom en bas des marches, sa valise posée près d'elle sur le sol. Elle avait peur de rater son avion.

Je l'ai conduite à l'aéroport et au retour, j'ai fait un crochet par Brest pour passer devant la maison de notre enfance.

Je connais mal la ville où j'ai grandi. Je connais le chemin qui mène du groupe scolaire de Kerichen à la maison, celui-là, je pourrais le faire encore les yeux fermés, en laissant comme jadis traîner mes doigts qui sautent d'un barreau à l'autre le long de la grille entourant le lycée. Je connais aussi les rues qui mènent aux Halles, avec Maman quand on va faire le marché avec le caddie, c'est beaucoup plus loin que le lycée, les Halles sont vers le centre-ville, en passant devant l'église Saint-Luc et l'aumônerie.

Je connais bien sûr l'avenue Jean Jaurès où il y a les Nouvelles Galeries, le cinéma Éden où nous allons une fois par an voir un film avec Pierre Richard, la rue André Berger, où nous avons habité jusqu'à mes huit ans dans un appartement de location. Je connais un peu la rue de Siam, surtout le haut, vers la place de la Liberté dans le bassin de laquelle je suis tombée à l'âge de trois ans en jouant avec des petits bateaux.

Au-delà, ça devient flou.

Au-delà, Brest, je connais mal. Des restes de cours de géographie de quatrième : Brest, deux cent mille habitants (à l'époque), sa rade, son pont levant, le plus grand d'Europe (est-ce encore vrai ?), l'arsenal, d'où est sorti le *Clemenceau* et où bossent la plupart des pères de mes copines — aujourd'hui tous amiantés. J'ai entendu parler de Recouvrance, de ses matelots et de ses bars, mais surtout par la littérature. Je ne pense pas y avoir jamais mis les pieds.

Je ne connais pas davantage les alentours. Pourtant, chaque week-end d'automne, de printemps et d'hiver, nous allons prendre l'air de la mer. On se balade sur des côtes venteuses et glaciales, on passe des heures interminables dans des ports qui sentent le mazout à regarder des bateaux à quai qui puent le plastique. Toi, tu aimes les ports et les bateaux. Et même l'odeur du plastique, du vernis du bois, du gelcoat qui recouvre les coques — cette odeur qui pour l'éternité me fera penser à toi, aux heures passées à gratter la coque du *Conquet* en fin de saison, pendant les grandes marées de septembre.

Quand je suis rentrée, tout le monde s'affairait dans la cuisine. Maman avait acheté pour déjeuner des araignées, des langoustines et des bigorneaux. On aurait pu croire que c'était Noël, ce n'est pas si souvent que nous sommes tous ainsi réunis. C'était même encore mieux que Noël, il y avait dans l'air une légèreté nouvelle. On aurait presque dit un mois de juillet, en décembre. Sauf que nous étions beaucoup plus nombreux.

— On va manger des araignées ? dit mon petit dernier, horrifié.

Ça, pour manger les araignées de mer et tous les crabes en général, Éric, Maman, Isa et moi, nous sommes imbattables. Nous détenons le record olympique mondial officieux de vitesse de décortiquage de tous les fruits de mer. Les « pièces rapportées » nous regardent avec envie entailler d'un coup de couteau précis les casiers des crabes pour en extraire la chair. Éric tranche les alvéoles latéralement, à l'inverse de Maman qui, elle, pratique la coupe longitudinale. Moi, j'ai encore une autre méthode, je sors délicatement chacune des pattes avec la chair qui lui est rattachée, en écartant les cartilages. Mais les uns comme les autres, nous travaillons à une allure vertigineuse, je me paye même le luxe, tout en mangeant ma part, de faire un petit tas pour ma fille qui s'en régale sur une tartine de beurre salé tandis que Catherine et Gilles s'escriment vaillamment et que Thierry se bat avec sa pince, sa tirette et son casse-noix, découragé.

Puis nous avons laissé Maman se reposer et nous sommes tous allés avec les enfants à Cléder. Nous avons garé les voitures et sommes montés à pied vers le vieux corps de garde, ce simple abri de pierre que nous avons toujours appelé la maison du guet. La lumière rasante, aussi tranchante que le vent, découpait un paysage aux contours d'une netteté aveuglante. Le soleil d'hiver frappait la dune d'un vert cru, le jaune des lichens, des ajoncs, les pignons blancs des maisons. Les longues herbes couchées par le vent frissonnaient comme un pelage. Nous avons montré aux enfants les énormes rochers aux formes fantastiques, entassés dans un équilibre improbable. Le dromadaire, avec sa cargaison, la tortue, la tête de chien, certains comme feuilletés, d'autres comme des coulées de lave brusquement refroidies.

La plage de Cléder est la plus belle du monde. J'ai dit que je n'aimais pas la Bretagne ? Et alors, tu n'étais pas obligé de me croire, il m'arrive aussi de dire n'importe quoi, tu n'as pas le monopole. J'ai bien dû dire aussi que je n'aimais pas la famille. Et pourquoi alors mes yeux s'embuent-ils en regardant mes enfants courir comme les lapins qu'on y voit tôt le matin, sur ces dunes que nous dévalions autrefois, assis sur des cartons d'emballage ? Rien n'a changé depuis, ni la plage d'un blanc polynésien aux reflets roses et mauves, ni les vagues qui semblent courir se jeter dans les bras des rochers, ni les nappes d'eau qui sont comme des miroirs sur le sable mouillé. Cléder est d'une telle beauté que dans n'importe quelle circonstance, on ne peut s'empêcher d'y songer à l'éternité.

Mais en cette saison, les journées sont courtes. Nous sommes venus trop tard. Le soleil va passer derrière la dune et très vite la nuit commence à tomber, les ombres à s'allonger, le froid se fait glacial. Thierry parle avec Catherine, Éric me rattrape et passe un bras autour de mon épaule. Nous avançons côte à côte dans une marche fantomatique. Je sens bien qu'il veut me dire quelque chose. Il hésite un peu, puis se lance.

— C'est marrant. Que tu aies eu envie de l'embrasser.

Je ris un peu. C'était donc ça. Oui, je t'ai embrassé. Et alors ? Ce n'est pas la première fois que je t'embrasse sur ton lit de mort, loin de là. Les dernières fois que je t'ai vu, à l'hôpital, je me disais toujours que c'était sûrement la dernière. Chaque fois, je t'embrassais, je te disais adieu. Je t'ai même dit une fois que je t'aimais. Sans en être bien sûre mais au cas où. Pour ne pas regretter, un jour. Je ne sais pas si tu m'as entendue.

Je profitais du fait que tu n'étais plus conscient pour te dire des petits riens, des trucs qu'une fille raconterait à son père, normalement, mais que la peur que j'avais de toi, qui m'empêchait de t'approcher, m'avait toujours interdit aussi de te confier.

Avant.

Avant que tu ne sois devenu complètement inerte, que ton regard ne soit devenu vitreux.

Les pas d'Éric et les miens laissent deux empreintes parallèles sur le sable. À mon tour, je me risque à lui demander :
— Et toi, tu lui as pardonné ?
Il me regarde en coin, méfiant.
— Qu'est-ce que tu veux dire ?
— Je veux dire, pardonner.
— Pardonner ?
Il soupèse le mot, perplexe. Le pardon est un concept un peu trop chrétien pour lui. Ou peut-être simplement qu'en silence, il tourne et retourne le mot dans sa tête pour être sûr de ne pas se méprendre sur la signification que je lui donne. Après un temps, il hausse les épaules, soupire.
— Tu sais, en fait…
— En fait ?
— Je ne pense jamais à lui. Sauf ces jours-ci, bien sûr. Mais d'habitude, jamais.
Il a répété « jamais » avec force, en me regardant bien en face.
— Je l'ai oublié. C'est une forme de pardon, je suppose.
J'ai hoché la tête et j'ai regardé Isa, sur la plage, qui courait avec Gilles devant le plus grand de leurs fils qui leur jetait des boules de

sable. Elle est montée sur un rocher et a commencé à leur expliquer quelque chose. Comment se forment les tourbillons, peut-être. Gilles a fait mine de la pousser dans l'eau et elle s'est débattue en riant. Je n'avais même pas besoin de lui poser la question.

Catherine nous a rejoints, a pris la main d'Éric et tous deux se sont éloignés. Je suis restée immobile, debout au milieu des ajoncs face à la mer, et dans cette lumière de crépuscule, je me suis dit, après tout. Puisque les particules se comportent aussi comme des ondes, que la matière est énergie et que l'homéopathie marche même sur les chiens, paraît-il. Après tout, tout était possible. Éric avait dit que pour lui, tu étais mort depuis longtemps. J'avais pensé la même chose. Peut-être que c'était vrai, littéralement. Peut-être que tu étais déjà mort un jour, il y a une trentaine d'années, dans ton sommeil, juste après l'accident de voiture, et que nous ne nous en étions pas rendu compte. Peut-être que ce que nous avions pris pour ta maladie avait été ton purgatoire, et cette messe de funérailles une conjuration. Comme les âmes errantes de Le Braz, tu avais continué à vivre parmi nous, à expier tes fautes, le temps qu'il avait fallu pour que les torts que tu avais causés soient réparés. Pour Éric, pour Isa, même pour Maman, c'était fait depuis longtemps. J'avais été la dernière à te retenir.

Je n'avais pas entendu Thierry s'approcher derrière moi. Il m'a prise dans ses bras et a chuchoté à mon oreille :

— Ça va, mon amour ?

Je me suis retournée et je me suis blottie contre lui, le nez dans la chaleur de son cou. Nous voyant enlacés, nos enfants se sont précipités vers nous en criant, et ont enserré nos jambes de leurs petits bras. Sans bouger, je leur ai caressé les cheveux.

Ça va.
C'est bon, Papa. J'ai mis le temps, mais ça va. Je suis guérie de toi. Tu peux y aller, maintenant.

Nous sommes rentrés à la maison, nous avons fait les bagages et avant de prendre la route, je suis passée au cimetière. La tombe disparaissait sous les fleurs qui cachaient même les inscriptions dans le granit rose. J'ai poussé quelques arums pour vérifier que ton nom était bien gravé, sur le côté mais pas très loin de ceux d'Hamon et de Jeannie Cueff. Devant cette tombe d'athées m'est revenu un autre passage du livre de Le Braz. De retour d'un pèlerinage au Relecq pour un enfant mort, une femme avait vu dans la nuit trois étoiles sauter, s'écarter, laisser un grand espace vide, comme pour faire place à une autre qu'elle ne distinguait pas. Elle en avait conclu que son pèlerinage avait réussi.

Le soir, au moment de monter dans la voiture, j'ai serré Maman dans mes bras une dernière fois, puis j'ai mis mes lunettes et j'ai levé les yeux vers le ciel.

La nuit était claire.

Les nuits d'étoiles nous apprennent combien il y a d'âmes défuntes, depuis que le monde est monde. Les étoiles qui brillent très clair sont les âmes qui jouissent de la gloire éternelle ; les étoiles qui brillent à peine sont les âmes qui n'ont pas encore terminé leur purgatoire ; les étoiles qui brûlent tristement et sans éclat sont les âmes perdues.

Les groupes d'étoiles sont les morts d'une même famille, réunis.

FIN

NOTE SUR LES CITATIONS

Les citations en italique sont toutes extraites de l'ouvrage d'Anatole Le Braz, *La Légende de la mort chez les Bretons armoricains*, publié par Laffite Reprints à Marseille en 1974 (réimpression de l'édition de Paris, 1928). La plupart sont d'Anatole Le Braz lui-même, certaines de Léon Marillier, auteur de la préface à la première édition.

DU MÊME AUTEUR

Aux Éditions Gallimard

LE CRIEUR DE NUIT, 2010 (Folio n° 5300).

COLLECTION FOLIO

Dernières parutions

5034. Nina Bouraoui — *Appelez-moi par mon prénom*
5035. Yasmine Char — *La main de Dieu*
5036. Jean-Baptiste Del Amo — *Une éducation libertine*
5037. Benoît Duteurtre — *Les pieds dans l'eau*
5038. Paula Fox — *Parure d'emprunt*
5039. Kazuo Ishiguro — *L'inconsolé*
5040. Kazuo Ishiguro — *Les vestiges du jour*
5041. Alain Jaubert — *Une nuit à Pompéi*
5042. Marie Nimier — *Les inséparables*
5043. Atiq Rahimi — *Syngué sabour. Pierre de patience*
5044. Atiq Rahimi — *Terre et cendres*
5045. Lewis Carroll — *La chasse au Snark*
5046. Joseph Conrad — *La Ligne d'ombre*
5047. Martin Amis — *La flèche du temps*
5048. Stéphane Audeguy — *Nous autres*
5049. Roberto Bolaño — *Les détectives sauvages*
5050. Jonathan Coe — *La pluie, avant qu'elle tombe*
5051. Gérard de Cortanze — *Les vice-rois*
5052. Maylis de Kerangal — *Corniche Kennedy*
5053. J.M.G. Le Clézio — *Ritournelle de la faim*
5054. Dominique Mainard — *Pour Vous*
5055. Morten Ramsland — *Tête de chien*
5056. Jean Rouaud — *La femme promise*
5057. Philippe Le Guillou — *Stèles à de Gaulle* suivi de *Je regarde passer les chimères*
5058. Sempé-Goscinny — *Les bêtises du Petit Nicolas. Histoires inédites - 1*
5059. Érasme — *Éloge de la Folie*
5060. Anonyme — *L'œil du serpent. Contes folkloriques japonais*
5061. Federico García Lorca — *Romancero gitan*
5062. Ray Bradbury — *Le meilleur des mondes possibles* et autres nouvelles

5063.	Honoré de Balzac	*La Fausse Maîtresse*
5064.	Madame Roland	*Enfance*
5065.	Jean-Jacques Rousseau	*«En méditant sur les dispositions de mon âme...»*
5066.	Comtesse de Ségur	*Ourson*
5067.	Marguerite de Valois	*Mémoires*
5068.	Madame de Villeneuve	*La Belle et la Bête*
5069.	Louise de Vilmorin	*Sainte-Unefois*
5070.	Julian Barnes	*Rien à craindre*
5071.	Rick Bass	*Winter*
5072.	Alan Bennett	*La Reine des lectrices*
5073.	Blaise Cendrars	*Le Brésil. Des hommes sont venus*
5074.	Laurence Cossé	*Au Bon Roman*
5075.	Philippe Djian	*Impardonnables*
5076.	Tarquin Hall	*Salaam London*
5077.	Katherine Mosby	*Sous le charme de Lillian Dawes*
5078.	Arto Paasilinna	*Les dix femmes de l'industriel Rauno Rämekorpi*
5079.	Charles Baudelaire	*Le Spleen de Paris*
5080.	Jean Rolin	*Un chien mort après lui*
5081.	Colin Thubron	*L'ombre de la route de la Soie*
5082.	Stendhal	*Journal*
5083.	Victor Hugo	*Les Contemplations*
5084.	Paul Verlaine	*Poèmes saturniens*
5085.	Pierre Assouline	*Les invités*
5086.	Tahar Ben Jelloun	*Lettre à Delacroix*
5087.	Olivier Bleys	*Le colonel désaccordé*
5088.	John Cheever	*Le ver dans la pomme*
5089.	Frédéric Ciriez	*Des néons sous la mer*
5090.	Pietro Citati	*La mort du papillon. Zelda et Francis Scott Fitzgerald*
5091.	Bob Dylan	*Chroniques*
5092.	Philippe Labro	*Les gens*
5093.	Chimamanda Ngozi Adichie	*L'autre moitié du soleil*
5094.	Salman Rushdie	*Haroun et la mer des histoires*
5095.	Julie Wolkenstein	*L'Excuse*

5096. Antonio Tabucchi	*Pereira prétend*
5097. Nadine Gordimer	*Beethoven avait un seizième de sang noir*
5098. Alfred Döblin	*Berlin Alexanderplatz*
5099. Jules Verne	*L'Île mystérieuse*
5100. Jean Daniel	*Les miens*
5101. Shakespeare	*Macbeth*
5102. Anne Bragance	*Passe un ange noir*
5103. Raphaël Confiant	*L'Allée des Soupirs*
5104. Abdellatif Laâbi	*Le fond de la jarre*
5105. Lucien Suel	*Mort d'un jardinier*
5106. Antoine Bello	*Les éclaireurs*
5107. Didier Daeninckx	*Histoire et faux-semblants*
5108. Marc Dugain	*En bas, les nuages*
5109. Tristan Egolf	*Kornwolf. Le Démon de Blue Ball*
5110. Mathias Énard	*Bréviaire des artificiers*
5111. Carlos Fuentes	*Le bonheur des familles*
5112. Denis Grozdanovitch	*L'art difficile de ne presque rien faire*
5113. Claude Lanzmann	*Le lièvre de Patagonie*
5114. Michèle Lesbre	*Sur le sable*
5115. Sempé	*Multiples intentions*
5116. R. Goscinny/Sempé	*Le Petit Nicolas voyage*
5117. Hunter S. Thompson	*Las Vegas parano*
5118. Hunter S. Thompson	*Rhum express*
5119. Chantal Thomas	*La vie réelle des petites filles*
5120. Hans Christian Andersen	*La Vierge des glaces*
5121. Paul Bowles	*L'éducation de Malika*
5122. Collectif	*Au pied du sapin*
5123. Vincent Delecroix	*Petit éloge de l'ironie*
5124. Philip K. Dick	*Petit déjeuner au crépuscule*
5125. Jean-Baptiste Gendarme	*Petit éloge des voisins*
5126. Bertrand Leclair	*Petit éloge de la paternité*
5127. Musset-Sand	*« Ô mon George, ma belle maîtresse... »*
5128. Grégoire Polet	*Petit éloge de la gourmandise*
5129. Paul Verlaine	*Histoires comme ça*
5130. Collectif	*Nouvelles du Moyen Âge*

5131.	Emmanuel Carrère	*D'autres vies que la mienne*
5132.	Raphaël Confiant	*L'Hôtel du Bon Plaisir*
5133.	Éric Fottorino	*L'homme qui m'aimait tout bas*
5134.	Jérôme Garcin	*Les livres ont un visage*
5135.	Jean Genet	*L'ennemi déclaré*
5136.	Curzio Malaparte	*Le compagnon de voyage*
5137.	Mona Ozouf	*Composition française*
5138.	Orhan Pamuk	*La maison du silence*
5139.	J.-B. Pontalis	*Le songe de Monomotapa*
5140.	Shûsaku Endô	*Silence*
5141.	Alexandra Strauss	*Les démons de Jérôme Bosch*
5142.	Sylvain Tesson	*Une vie à coucher dehors*
5143.	Zoé Valdés	*Danse avec la vie*
5144.	François Begaudeau	*Vers la douceur*
5145.	Tahar Ben Jelloun	*Au pays*
5146.	Dario Franceschini	*Dans les veines ce fleuve d'argent*
5147.	Diego Gary	*S. ou L'espérance de vie*
5148.	Régis Jauffret	*Lacrimosa*
5149.	Jean-Marie Laclavetine	*Nous voilà*
5150.	Richard Millet	*La confession négative*
5151.	Vladimir Nabokov	*Brisure à senestre*
5152.	Irène Némirovsky	*Les vierges et autres nouvelles*
5153.	Michel Quint	*Les joyeuses*
5154.	Antonio Tabucchi	*Le temps vieillit vite*
5155.	John Cheever	*On dirait vraiment le paradis*
5156.	Alain Finkielkraut	*Un cœur intelligent*
5157.	Cervantès	*Don Quichotte I*
5158.	Cervantès	*Don Quichotte II*
5159.	Baltasar Gracian	*L'Homme de cour*
5160.	Patrick Chamoiseau	*Les neuf consciences du Malfini*
5161.	François Nourissier	*Eau de feu*
5162.	Salman Rushdie	*Furie*
5163.	Ryûnosuke Akutagawa	*La vie d'un idiot*
5164.	Anonyme	*Saga d'Eiríkr le Rouge*
5165.	Antoine Bello	*Go Ganymède!*
5166.	Adelbert von Chamisso	*L'étrange histoire de Peter Schlemihl*
5167.	Collectif	*L'art du baiser*

5168. Guy Goffette	*Les derniers planteurs de fumée*
5169. H. P. Lovecraft	*L'horreur de Dunwich*
5170. Tolstoï	*Le Diable*
5171. J. G. Ballard	*La vie et rien d'autre*
5172. Sebastian Barry	*Le testament caché*
5173. Blaise Cendrars	*Dan Yack*
5174. Philippe Delerm	*Quelque chose en lui de Bartleby*
5175. Dave Eggers	*Le grand Quoi*
5176. Jean-Louis Ezine	*Les taiseux*
5177. David Foenkinos	*La délicatesse*
5178. Yannick Haenel	*Jan Karski*
5179. Carol Ann Lee	*La rafale des tambours*
5180. Grégoire Polet	*Chucho*
5181. J.-H. Rosny Aîné	*La guerre du feu*
5182. Philippe Sollers	*Les Voyageurs du Temps*
5183. Stendhal	*Aux âmes sensibles* (À paraître)
5184. Dumas	*La main droite du sire de Giac* et autres nouvelles
5185. Wharton	*Le Miroir* suivi de *Miss Mary Parks*
5186. Antoine Audouard	*L'Arabe*
5187. Gerbrand Bakker	*Là-haut, tout est calme*
5188. David Boratav	*Murmures à Beyoğlu*
5189. Bernard Chapuis	*Le rêve entouré d'eau*
5190. Robert Cohen	*Ici et maintenant*
5191. Ananda Devi	*Le sari vert*
5192. Pierre Dubois	*Comptines assassines*
5193. Pierre Michon	*Les Onze*
5194. Orhan Pamuk	*D'autres couleurs*
5195. Noëlle Revaz	*Efina*
5196. Salman Rushdie	*La terre sous ses pieds*
5197. Anne Wiazemsky	*Mon enfant de Berlin*
5198. Martin Winckler	*Le Chœur des femmes*
5199. Marie NDiaye	*Trois femmes puissantes*

*Composition Floch
Impression Maury-Imprimeur
45330 Malesherbes
le 19 septembre 2011.
Dépôt légal : septembre 2011.
Numéro d'imprimeur : 167489.*

ISBN 978-2-07-044321-5. / Imprimé en France.

183045